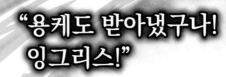

"용케도 받아냈구나!
잉그리스!"

질드그리버
Jildegrieva

하이랜드에서 절대적인 권력을 가진 삼대공 중 한 명.
무공이라는 칭호답게 무뚝뚝한 인물로,
잉그리스와는 마음이 잘 맞는 듯하다.

잉크리스
(크리스)
Inglis
먼 미래에 미소녀로 전생한 영웅왕.
마인무구의 영향으로 어린아이가 되어버렸다!

"칭찬해 주셔서
감사합니다……!"

라피니아
(라니)
Rafinha
잉그리스의 소꿉친구이자
기사를 목표로 수행 중인 소녀.
이족도 마인무구의 영향으로 어린아이가 되어버렸다

"에에에에에에에에에에
"에에에에에에에에에엑?!"

거울 안에는 대여섯 살 모습의
잉그리스와 라피니아가 있었다.

커버 그림, 본문 일러스트 | Nagu

Eiyu-oh,
Bu wo Kiwameru tame
Tensei su.
Soshite, Sekai Saikyou no
Minarai Kisi "우".

C O N T E N T S

고향 유미르. 빌포드 후작가의 성.

빌포드 후작가의 티타임은 그 규모 면에서 일반적인 티타임과 궤를 달리했다.

티타임이 시작되면 모녀는 마주보고 앉아 화기애애하게 담소를 나누었다. 결혼식에 등장할 법한 몇 층짜리 케이크를 테이블에 올려놓고.

오늘은 그 케이크가 두 개나 올라왔고, 이마저도 이미 뱃속으로 자취를 감춘 상태였다.

"그건 그렇고, 우리 딸들이 나라를 구했다니 어깨가 으쓱한걸♪"

이모인 이리나는 기분이 무척 좋아 보였다.

"크리스. 네가 하이랄 메나스와 함께 프리즈마를 격파했다고 들었는데 사실이니?"

"네, 일단은……."

"앗, 의심하는 건 아니란다. 단지 놀라서……. 예전부터 크리스는 우리에게 보이지 않는 것을 보는 아이였잖니. 자신에게 힘이 있다는 사실을 알고 있었던 거니?"

"아, 아뇨……. 위화감 정도만 느꼈어요. 기사 아카데미의 훌륭한 지도 덕분이라고 생각해요."

잉그리스가 둘러댔다.

전생하기 전의 삶, 에테르 등등의 개인적인 사정들을 전부 털

어놓을 수는 없었다.

가족들에게 혼란을 주기는 싫었다. 게다가 잉그리스도 정체불명의 괴물 취급을 받고 싶지는 않았다.

적어도 어머니 앞에서는 잉그리스 유크스라는 한 명의 딸로 남고 싶었다.

"그렇구나……. 정말로 잘했어. 크리스는 나와 네 아버지의 자랑이란다."

"고맙습니다, 어머니."

잉그리스는 전생의 기억과 힘을 이어받아 태어났다.

하지만 세레나를 어머니로 생각하는 것 또한 사실이었다.

이 관계를 망가트릴 수 있는 말이나 행동은 하고 싶지 않았다.

"그보다요, 어머니, 이모님! 맞선 요청이 들어왔다고 하시지 않았어요?"

잉그리스가 난처해하고 있다는 것을 눈치챘는지 라피니아가 화제를 돌렸다.

하지만 이건 이것대로 난처한 화제였다.

"윽…… 겨우 잊어버리고 있었는데……."

"앗, 중요한 걸 깜빡했구나……! 얼마 전에 왕도에서 승리 기념 축하연이 있었잖니? 그때 너희한테 첫눈에 반한 사람들이 제법 있었나 봐. 혼담 요청이 잔뜩 들어왔지 뭐니……!"

"아르멘 마을에서 너희한테 도움을 받았다는 사람들도 있던걸."

이리나의 말이 끝나자 세레나도 싱글벙글 웃으며 덧붙였다.

"즉…… 말괄량이에 먹보인 너희라도 한 줄기 가능성이 있다는 뜻이야."

"그런 모습을 보고도 혼담을 요청했으니까 말이지."

"알겠니, 라피니아……?"

"잘 들으렴, 크리스."

""이건 기회란다!""

두 어머니가 입을 모아 외쳤다.

""이번 맞선에는 꼭 참석해야 해!""

"어머니, 이모님……! 네, 알겠습니다!"

라피니아는 눈을 반짝이며 고개를 끄덕였다.

단, 라피니아도 정말로 결혼할 생각은 없을 것이다. 흥미와 호기심이 대부분을 차지했다.

하지만…… 그래도 잉그리스는 인정할 수 없었다.

"안 돼요! 라니한테는 아직 일러요……! 게다가 저희는 기사 아카데미의 학생이에요! 학업에 전념해야죠! 어머님, 이모님! 다시 생각해 주세요!"

"크리스……."

잉그리스가 반대하자 이리나가 잉그리스를 바라보았다.

"크리스도 라피니아도 이제 곧 16살이야. 유미르에 있는 동안에 생일이 돌아오지?"

"마, 맞아요……."

참고로 잉그리스와 라피니아의 생일은 이틀 차이로 잉그리스가 빨랐다.

앞으로 며칠이면 16살이다. 세월이 빠르다는 게 느껴졌다.

"그렇다면 전혀 이른 게 아니야. 나도 라피니아를 낳은 게 16살 때인걸."

"윽……?!"

불순 이성 교제를 넘어서 임신에 출산까지……!

차원이 달랐다.

"와, 우리도 벌써 그런 나이가 됐구나. 정말 대단해. 우리랑 비슷한 나이에 결혼하고 아이까지 낳았다니……. 그 시절의 어머니에 비하면 우리는 한참 어린애구나."

"그렇단다, 라피니아. 그러니 결코 이른 게 아니야. 크리스도 마찬가지란다. 네가 성실해서 그렇겠지만, 우리 남편의 부탁에 너무 얽매일 필요는 없어. 제대로 된 집안에서 정식으로 혼담이 들어온 걸 두고 벌레가 꼬였다고 하지는 않잖니? 그리고 솔직히 말하면 그이는 자기 딸을 빼앗기는 게 서운해서 저러는 것뿐이야."

"으윽……!"

그건 잉그리스도 알고 있었다.

하지만 알고 있기에 잉그리스는 빌포드 후작의 당부를 충실하게 지키려 애썼다.

왜냐하면 잉그리스도 똑같은 심정이니까. 라피니아를 다른 사람에게 빼앗기고 싶지 않았다.

오히려 빌포드 후작의 명령은 구실에 불과했다.

"하, 하지만 이모님……! 저희는 아직 학생이에요! 기사가 되기 위해서, 그리고 나라를 위해서 학생의 신분을 버릴 수는 없어요……!"

"지금 당장 결혼하라는 이야기가 아니란다. 네 말대로 기사 아카데미는 졸업하는 편이 좋겠지. 하지만 장래의 결혼 상대를 미리 정해두면 안심이 되잖니?"

"즉, 약혼자를 만들라는 뜻인가요……?"

"맞아! 그 정도라면 우리 남편도 허락할 거야. 눈앞에서 딸을 빼앗기는 것도 아니니까."

"으, 으음……."

큰일이다. 궁지에 몰렸다.

반박할 말이 떠오르지 않았다.

라피니아가 거부한다면 한 줄기 희망이라도 있겠지만…….

"그보다, 어머니! 어떤 사람들이 혼담을 요청했어요? 뜸 들이지 말고 가르쳐 줘요~!"

당사자는 굉장히 의욕적이었다.

한순간 세오도어 특사를 빌미로 혼담을 무마하는 작전이 머릿속을 스치고 지나갔지만, 그건 그것대로 문제였다. 이번 일을 계기로 두 사람의 관계가 진전될지도 모르기 때문이다.

"그래. 이쪽으로 와서 같이 보자꾸나. 인간은 누군가가 필요로 할 때가 가장 빛나는 법이야. 제일 빛나는 시기에 최선의 선택을 해야 후회가 없단다."

"후훗. 언니, 예전에 후작님께 구혼을 받았을 때도 똑같은 말을 했었잖아?"

세레나가 미소를 지으며 이리나에게 말했다.

"맞아. 내 말이 정답이었지?"

"그러게……."

"인생 선배의 말이라서 설득력이 있네요! 그래서 어떤 사람들 인데요……?"

라피니아와 이리나는 맞선 상대들이 실린 서류철을 펴고 훑어 보기 시작했다.

"이거 봐. 우리와 같은 후작가의 자제분도 있고, 왕족에 비견되 는 공작가의 자제분도 계셔."

"와, 외국인도 있어요!"

"그러게. 남쪽의 이를르슈는 유미르에서 가까운 편이지. 너희가 이분들의 주목을 받을 만큼 대단한 일을 해냈다는 뜻이야."

"고생한 보람이 있네요♪"

무척이나 화기애애한 모습이 아닐 수 없었다.

"으으으……!"

잉그리스는 '젠장! 이게 아닌데!'라고 외치고 싶은 기분이었다.

이리나와 세레나만 없었다면 실제로 그렇게 했을 것이다. 어쩌면 테이블도 쾅쾅 내려쳐 파괴해 버렸을지 몰랐다.

물건에 화풀이하는 것은 옳지 못한 행동이지만, 그 정도로 후회스러웠다.

명백한 잉그리스의 실책이었다.

잉그리스는 프리즈마와 싸우기에 앞서 자신과 라피니아를 임시 근위기사단장으로 만들었다. 라파엘이 곤란해지는 것을 막기 위해서였다.

이름도 알려지지 않은 일개 학생이 전공을 세워버리면 라파엘과 성기사단의 명예가 실추되고, 입지가 위태로워질 수 있기 때문이다.

그렇게 되면 다음번에 프리즈마가 나타났을 때 잉그리스를 불러주지 않을지도 몰랐다.

그래서 잉그리스는 그럴듯한 직함을 얻어 전공을 분산시켰다.

출세하고 싶지 않았지만, 이러한 부담을 감수하고 전면에 나선 것이다.

단, 라피니아의 종기사라는 신분을 유지하고 싶었기에 라피니아에게는 자신보다 살짝 높은 직함을 주었다.

촉박한 시간 속에서 떠올려 낸 가장 나은 방법이었다.

그래도 프리즈마를 쓰러트리고 나면 모든 상황이 별 탈 없이 수습되리라 생각했다.

그런데 설마 남자들의 혼담 요청이 쇄도할 줄이야. 미처 예상하지 못했다.

너무 나댔다. 지나치게 활약해 버렸다.

심지어 잉그리스가 라피니아의 종기사라는 점도 문제를 키웠다.

라피니아한테까지 혼담 요청이 들어와 버린 것이다.

이럴 줄 알았다면 자신의 존재를 완전히 은폐할 걸 그랬다. 예를 들면 혈철쇄 여단의 흑가면한테 가면을 빌려서 여자 흑가면으로 전장에 난입한다던가.

물론, 그대로 프리즈마를 쓰러트린다면 혈철쇄 여단이 성기사단의 전공을 빼앗는 모양새가 되어버릴 것이다. 카랄리아 왕국의 권위는 흔들릴 테고, 왕국은 이를 바로잡기 위해서 혈철쇄 여단에 전면 전쟁을 선포할 가능성마저 있었다.

흑가면 본인도 이렇게 되기를 바라지는 않았다. 그래서 잉그리스에게 자신의 힘을 맡긴 것이다.

하지만 흑가면의 심정 따위 잉그리스가 알 바 아니었다. 어쨌든 맞선은 싫었다.

적어도 라피니아는 끌어들이지 말았어야 했다. 엄청나게 후회되었다.

"이쪽으로 오렴, 크리스. 크리스한테 혼담을 요청한 사람들은 여기에 정리해 뒀어."

세레나가 상냥한 목소리로 잉그리스를 불렀다.

"자, 와서 같이 보자."

"네, 어머니……. 제 건 분량이 더 많네요."

한숨을 내쉬며 답하는 잉그리스.

잉그리스의 서류철은 라피니아보다 두 배는 두꺼웠다.

"맞아. 요청하는 입장에서는 우리 집안 쪽이 덜 부담스러울 테니까.”

라피니아의 가문은 유서 깊은 후작가다. 이에 걸맞은 신분을 지닌 상대는 한정되어 있었다.

혼담을 요청한다고 해도 후작가 이상의 격식 있는 가문뿐일 것이다.

반면 잉그리스가 속한 유크스 가문은 후작가와 인척 관계이기는 해도 기본적으로 기사 가문이었다. 아무래도 라피니아보다는 가문의 격이 낮을 수밖에 없었다.

하지만 뒤집어 말하면 진입 장벽이 낮다는 뜻이었다. 조건에 맞는 인물이 더욱 많을 수밖에 없었다.

방금 세레나가 한 말에는 이러한 의미가 담긴 것이다.

실제로 후작가보다 격식이 낮은 백작가나 자작가에서도 혼담 요청이 들어와 있었다.

그뿐만 아니라 란바 상회와 같은 대상인 가문이나 기사 가문에서도 요청이 들어왔다.

하지만, 잉그리스에게 가문 같은 건 아무런 의미도 없었다.

애초에 결혼이나 연애에 관심이 없었다.

잉그리스는 라피니아의 성장을 지켜보며 극한의 무를 추구해 나갈 뿐이었다. 그것이 잉그리스의 인생이었다.

“어머니……. 정말로…… 정말로 맞선을 봐야 하는 건가요?”

인생은 짧다. 아차 하는 순간에 지나가 버리는 것이 인생이다.

쓸데없는 일에 얽매일 여유는 없었다.

"크리스……."

세레나는 잉그리스의 어깨를 감싸며 몸을 기댔다.

"네가 세례를 받던 날, 내가 했던 말을 기억하니?"

세레나는 들떠있는 라피니아와 이리나에게 들리지 않도록 작은 목소리로 말했다.

"네. 특급 마인만큼은 받지 않으면 좋겠다고 하셨죠. 사람들을 위해 살다가 죽을 운명에 발을 들이는 것 같다고……. 저는 제 인생을 속박하는 힘은 필요 없다고 대답했죠."

잉그리스도 목소리를 낮춰 대답했다.

당시 세레나의 예감은 적중했다고 봐야 했다.

세레나가 한 말은 성기사의 운명 그 자체니까.

사람들을 위해 프리즈마와 싸우고, 하이랄 메나스로 인해서 죽음을 맞이하는 운명.

다만, 세레나는 이 사실을 모르고 있었다. 굉장히 날카로운 감을 지닌 모양이었다.

"맞아…… 그랬지. 하지만 지금의 너는…… 특급 마인이 없어도 그렇게 되어버릴 것만 같아……."

세레나가 걱정스러운 표정으로 말했다.

"아, 아뇨. 절대로 그럴 일은……."

잉그리스도 어머니가 어떤 말을 하고 싶은지는 이해했다.

특급 마인의 소유자는 영웅으로서 살아가야 하는 존재다.

하지만 특급 마인이 없더라도 그에 버금가는 결과를 남기면 같은 삶을 살아야 할지도 모른다고 세레나는 걱정하는 것이다.

그러나 실상은 달랐다.

잉그리스는 세상을 위해서 살 생각이 추호도 없었다. 단지 자신만을 위해서 살 뿐이다.

극한의 무를 추구하기 위해 강적들을 찾다 보니 프리즈마와 대결할 기회를 얻었다. 그게 전부였다.

앞으로 어떠한 적과 싸우게 되더라도 그것은 잉그리스가 원해서일 것이다.

하긴, 이것도 일종의 속박된 인생이라고 할 수 있었다.

강적과 싸우기 위해서라면, 더욱 높은 경지에 오르기 위해서라면 어떠한 수단과 방법도 가리지 않을 정도니까.

타의가 아니라 자의로 속박되었다는 점이 다르지만.

단, 그 사실을 어머니 앞에서 당당하게 선언하기는 어려웠기에 잉그리스는 말끝을 흐렸다.

"그러니……? 하지만 행동으로 보여주면 엄마도 안심이 될 거야. 좋은 사람이 있을지는 모르겠지만."

세레나는 미소 지으며 아직 펼쳐보지 않은 서류철을 건네 왔다.

그녀의 표정에서는 잉그리스에 대한 걱정과 약간의 쓸쓸함이 느껴졌다.

어쨌든 딸을 생각하는 마음이 똑똑히 전해져 왔다.

잉그리스는 그러한 세레나의 마음을 차마 모른 체할 수 없었다. 자신이 이 사람을 부모로서 존경하고 있기 때문이리라.

"으, 으음……. 대, 대화를 나눠보는 정도라면…….”

이 정도는 양보하는 것이 도리라는 생각이 들었다.

잉그리스의 작전이 실패해 현재의 사태를 초래하고 말았으니, 뒷수습도 스스로 해야 했다.

그래도 이번 일만 마무리되면 한동안 기사 아카데미에서 지내게 된다.

다시 유미르로 돌아오려면 상당한 기간이 걸릴 것이고, 그러는 사이 혼담을 요청하는 사람도 줄어들 것이다.

현재 카랄리아 왕국은 프리즈마를 격파했다는 여운에 잠겨있는 상태다. 그래서 그 중심에 있는 잉그리스와 라피니아에게 이목이 쏠려 있는 것이다.

이번 고비를 잘 넘기고, 태풍이 지나가기를 기다리는 수밖에 없었다.

"크리스, 관심이 가는 사람이 있니? 네 취향에 맞는 사람을 알려주렴."

"취향에 맞는지는 모르겠지만…… 여기에 실린 분들 전부 관심이 가네요.”

"어떤 점이?”

"이분들은 얼마나 강할까 싶어서요.”

"얘도 참. 그건 맞선하고 아무런 관계도 없잖니.”

"하지만 어머니……! 인생의 반려란 서로를 도우며 앞으로 나아가는 법이잖아요? 저는 더욱더 강해지고 싶어요. 그러니 제 신랑감도 그만한 실력을 갖춰야 한다고 생각합니다!"

"으, 응, 그렇구나……. 크리스가 그렇게 말한다면야…… 아하하하."

쓴웃음을 짓는 세레나.

한편, 옆에서 두 사람의 대화를 듣고 있던 이리나가 큰 소리로 웃었다.

"아하핫, 피는 못 속이겠네. 옛날에 너도 크리스랑 똑같은 말을 하지 않았니? 세레나."

"윽……. 어, 언니…… 그건 한참 지난 이야기잖아."

"어머니가요? 뭐라고 하셨는데요?"

"세레나가 예전에 기사단 소속이었다는 건 알고 있니, 크리스?"

"네. 아버지한테 들었어요."

"그 당시에는 세레나가 기사단에서 가장 강했어. 게다가 성격도 지금으로서는 상상할 수 없을 정도로 당당했지. 자신보다 강한 남자가 아니면 관심이 없다면서 본인한테 접근하는 남자들을 전부 때려눕히더라니까."

"사, 사실인가요, 어머니……?"

정숙하고 온화한 세레나가 그런 행동을 했다니 상상도 되지 않았다.

다만, 돌이켜 보면 짚이는 구석은 있었다. 잉그리스가 갓난아기일 당시, 세레나는 사람들이 피난을 떠난 뒤에도 성에 남아서 마석수에게 맞섰다.

적어도 여차할 때 용감한 면모가 드러난다는 점만큼은 분명했다. 잉그리스는 그 편린을 목격한 것이리라.

"예, 옛날 일이야. 젊은 날의 치기였달까?"

"다른 남자들은 청혼을 포기했지만, 류크 님만이 패배를 거듭해도 꺾이지 않고 계속 도전했지. 그렇게 수십 번을 대결한 끝에 승리를 거머쥐어서 두 사람이 결혼하게 된 거야."

"헤에, 정말로 크리스가 생각나는 대목이네요. 이모님은 정숙하신 분인 줄로만 알았는데."

"크리스는 그 시절의 세레나에 비하면 귀여운 편이지. 짧은 머리카락부터 시작해서 말투, 행동거지까지 완전히 사내애나 다름없었다니까."

"그, 그만해, 언니……! 나, 나도 반성하고 있어. 지금은 크리스의 부모로서 부끄러운 모습을 보이지 않도록 노력하고 있다구……!"

그러고 보니, 예전부터 세레나는 잉그리스의 행동거지를 두고 잔소리가 심한 편이었다.

말투나 예의범절은 원래부터 몸에 익었기에 별다른 지적을 받지 않았지만, 여자아이답게 행동해야 하는 대목에서는 잔소리를 꽤 들었다. 예를 들어서 앉을 때 다리를 벌리면 안 된다거나.

잉그리스는 과거에 남자였던 만큼 여자답게 행동하는 것이 서투를 수밖에 없었고, 세레나도 이 부분을 지도할 때만큼은 평소와 달리 엄격했다.

덕분에 잉그리스의 행실도 많이 교정되었지만, 세레나가 딸의 지도에 엄격했던 것은 스스로 다그치기 위해서였던 걸지도 몰랐다.

어쨌든 흥미로운 이야기였다.

덕분에 이 상황을 타개할 방법이 떠올랐다.

"그랬군요……! 그렇다면 저도 어머니를 본받겠어요!"

잉그리스가 벌떡 일어나 주먹을 움켜쥐었다.

""본받아……?""

"혼담을 요청한 분들께 전해주세요! 저를 아내로 맞이하고 싶으면 저부터 쓰러트리라고요! 저를 쓰러트리는 분이 계신다면 그분과 진지하게 장래를 논의해 보겠어요……!"

"우, 우와……. 그 부모에 그 딸이라더니 이걸 두고 하는 말이구나……."

이리나는 못 말리겠다는 듯이 뺨을 짚었다.

"어, 언니가 쓸데없는 말을 하니까 그렇잖아……! 크리스, 잘 생각하렴. 너는 프리즈마를 쓰러트릴 정도로 강하잖니. 네 말대로 했다가는 아무도 혼담을 요청하지 않을 거야……!"

"그 프리즈마는 저 혼자만의 힘으로 쓰러트렸던 게 아니에요. 에리스 씨와 리플 씨의 힘을 빌렸기에 가능했던 일이죠. 게다가 반드시 저하고 일대일로 싸우라는 것도 아니에요. 부하 기사를 대동해도 되고, 용병을 고용해도 되고, 다른 수단을 동원해도 괜찮아요! 개인의 강함과 마찬가지로 권력과 인맥, 재력도 그 사람의 역량을 나타내는 지표니까요……! 충분한 전력을 갖춰서 방문해 달라고 전해주세요!"

그렇게만 되면 잉그리스도 즐길 수 있었다.

귀족들이 거느리는 정예 기사단, 각지를 방랑하는 역전의 용병. 뭣하면 마석수를 데려와도 좋았다. 실력자들이 알아서 찾아와 준다니, 오히려 바라던 바였다. 찾을 수고를 더는 셈이었다.

물론 찾아오는 자들은 전부 격퇴해 줄 예정이었다. 최후의 승자는 어디까지나 잉그리스였다.

싸움은 싸움대로 하고, 혼담은 혼담대로 거절하고. 그야말로 거저먹는 셈이었다. 일석이조였다.

"……크, 크리스 말대로라면 상대방의 종합적인 능력을 참고할 수 있는 건가……?"

"맞아요, 이모님! 어머니도 괜찮죠?! 어머니도 똑같은 방식으로 아버지와 결혼하셨다면서요……! 이 조건이라면 저도 즐거운 마음으로 맞선을 볼 수 있어요!"

"어, 어쩔 수 없지……. 알겠어. 일단 전달은 해둘게……."

"좋았어! 고맙습니다, 어머니."

잉그리스는 무척 기뻐하며 손뼉을 쳤다.

"아하하……. 이쯤 되면 맞선이 아니라 탐색전이라고 불러야 할 거 같은데……."

"후후후. 맞선이 이렇게 기대될 줄이야. 내 생각이 짧았어."

"……저러다 꼴사납게 져버렸으면 좋겠다. 어떤 표정을 지을지

궁금하네."

라피니아가 작은 목소리로 중얼거렸다.

"응? 라니, 뭐라고 했어?"

"아무것도 아냐! 어쨌든 난 평범하게 맞선을 봐야지……! 괜찮은 사람이 나오면 좋겠다……! 보니까 잘생긴 사람도 몇 명 있던걸."

라피니아가 눈을 반짝이자 잉그리스는 단호한 목소리로 외쳤다.

"잠깐! 그 부분도 따로 조정해야 해! 이모님! 라니한테도 똑같은 조건을 제시해 주시면 안 될까요? 안 그럼 불안해서 라니를 맡기지 못하겠어요. 라니를 안전하게 보호해 줄 수 있는 사람과 맺어줘야 합니다!"

"뭐래! 괴상한 논리로 내 맞선까지 방해하지 마! 애초에 항상 나를 최전선으로 끌고 가는 사람은 크리스잖아! 덕분에 몇 번이나 위험한 상황에 부닥쳤었거든?"

"라니는 내 옆에 두는 게 가장 안전하니까! 최선의 선택을 했을 뿐이야……!"

"후훗……. 한동안 못 봐서 걱정했는데, 여전히 사이가 좋아서 안심이네."

"그러게. 언니 말대로야. 이것만큼은 앞으로도 변하지 않았으면 좋겠어."

이리나와 세레나가 서로를 바라보며 미소 지었다.

바로 그때, 문에서 똑똑 노크 소리가 들려왔다.

"네, 들어오세요!"

이리나가 대답했다.

"언니들!"

문이 열리자마자 누군가가 밝은 얼굴로 뛰어 들어왔다.

어깨까지 내려오는 금발을 지닌 10살 정도의 귀여운 여자아이
였다.

""아리나!""

아리나는 왕도에서 와이즈멀 극단을 도와주던 당시에 알게 된
소녀였다. 갈 곳이 없어진 그녀를 유미르에서 거두었다.

안색도 좋고, 표정도 밝은 걸 봐서 씩씩하게 지내고 있는 모양
이었다.

당시에는 많이 야위어 있었지만, 지금은 통통하게 살이 올라
더욱 귀여워졌다.

"와아! 만나고 싶었어! 건강해서 다행이다!"

"공부는 다 끝났나 보구나. 바쁜데 불러내서 미안해."

유미르에 도착한 잉그리스와 라피니아는 곧바로 아리나를 만
나보려 했으나, 공부 중이라는 이야기를 듣고 끝날 때까지 기다
리고 있었다.

아리나는 시간표에 맞춰 착실하게 공부하고 있는 모양이었다.
대견했다.

열 살 무렵의 라피니아와는 천지차이였다.

"아냐! 나도 언니들과 만나고 싶었는걸!"

아리나가 활짝 웃으며 대답했다.

예전의 라피니아를 보는 것만 같아서 흐뭇했다.

라피니아는 아리나처럼 예의 바른 아이는 아니었지만.

◆◇◆

유미르 성내. 기사단 훈련장.

"야아아아아압!"

콰지직!

망치 형태의 마인무구를 손에 든 아리나가 암석 파편을 만들어 내 멀리 떨어진 목재 과녁을 파괴했다.

"오오오오오! 굉장한걸, 아리나! 마인무구를 사용한 지 얼마 안 됐다고 들었는데."

라피니아는 자기 일처럼 기뻐하며 아리나를 칭찬했다.

그 모습은 딸 바보나 다름없었다. 즉, 라피니아를 보는 잉그리스와 같았다.

라피니아도 이 마음을 이해하는 날이 오다니. 감회가 깊었다.

"훌륭했어, 아리나."

잉그리스도 손뼉을 치며 아리나를 칭찬했다.

실제로 훌륭한 공격이었다.

"에헤헤. 고마워, 언니!"

아리나가 웃으며 자랑스럽게 가슴을 폈다.

"아리나는 상급 마인 소유자니까요. 하급 마인무구를 다루는 건 어렵지 않겠죠. 금방 익숙해진 모양이에요."

유미르 기사단의 부단장 에이다가 말했다.

참고로 단장인 잉그리스의 아버지 류크는 빌포드 후작과 함께 왕도 카이랄에 있었다.

아직 사태의 뒷수습이 끝나지 않았던 것이다.

잉그리스와 라피니아는 유미르로 돌아오기 전에 두 사람과 인사를 나누었다.

덧붙여 아리나가 상급 마인의 소유자라는 사실은 잉그리스와 라피니아도 일찌감치 알고 있었다.

잉그리스 일행이 알카드로 떠나기 전, 세레나와 이리나가 왕도의 교회에서 아리나로 하여금 세례를 받게 했던 것이다.

잉그리스는 아리나에게 소질이 있다는 것을 어느 정도 짐작하고 있었다. 인신매매를 당하는 바람에 세례를 받을 기회가 없었을 뿐이다.

세례를 받은 결과, 아리나는 망치 문양의 상급 마인을 얻었다.

아리나도 물론 기뻐했지만, 그 이상으로 기뻐한 것은 유미르 측 사람들이었다.

상급 마인을 보유한 기사는 기사단에 있어 중요한 전력이었다.

평소에 잉그리스와 함께 다니는 라피니아, 레오네, 리제롯테, 프람은 모두 상급 마인을 보유하고 있었다.

그래서 착각하기 쉽지만, 상급 마인을 보유한 사람은 생각보다

많지 않았다.

수백 명에 한 명. 아니, 더욱 적을지도 몰랐다. 그만큼 희귀한 인재인 것이다.

왕립 기사 아카데미라는 최고봉의 육성 기관이기에 부각되지 않는 것일 뿐, 라피니아를 비롯한 잉그리스의 동료들은 엄선된 정예 중의 정예였다.

이에 맞먹는 소질을 지닌 아리나는 커다란 기대 속에서 흔쾌히 받아들여졌다.

견습 기사로서 유미르 기사단에 배속된 것이다.

"아리나를 떠맡게 만들어서 죄송해요, 에이다 씨."

잉그리스와 라피니아는 아직 기사 아카데미의 학생이다.

아리나의 보호자가 되기에는 무리가 있었다.

"고마워, 에이다!"

"아뇨, 무슨 말씀을……! 이 아이는 분명 유미르 기사단의 중요한 전력이 될 거예요. 그리고 저도 마찬가지인걸요. 고아였던 저를 유미르 기사단에서 거둬들여 주셨죠. 그러니 이번에는 제가 은혜를 갚을 차례예요."

"에이다 씨……!"

"그러고 보니, 에이다도 아리나와 비슷한 과거가 있구나……."

잉그리스와 라피니아도 어릴 적부터 기사단에 배속되어 마석수를 토벌하고 훈련을 받았다.

그때 두 사람을 가장 가까이서 보살펴 준 사람이 에이다였다.

잉그리스와 라피니아에게는 친언니에 가까운 존재였다.

그래서 고아였던 에이다가 유미르 기사단에 거둬들여졌다는 사실도 알고 있었다.

달리 기댈 곳이 없는 에이다였기에 잉그리스와 라피니아를 더욱 귀여워했던 것일지도 몰랐다.

"아, 제 걱정은 하실 필요 없어요. 게다가 두 분은 프리즈마 토벌이라는 엄청난 업적을 이뤄내셨잖아요……! 원래는 저희가 옆에서 함께 싸웠어야 하는데, 힘이 부족해서 죄송할 따름이에요."

"괜찮아, 괜찮아. 나도 별로 도움이 안 됐거든. 거의 지켜보기만 했어."

라피니아가 손을 절레절레 내저으며 말했다.

"그렇지 않아. 라니도 내가 위험할 때 힘을 보태줬잖아. 얼마나 기뻤는데."

"그런가? 나는 도와준 기분이 전혀 안 들던데."

"기분 탓이야. 충분히 도움이 됐어."

"그렇다면 다행이지만……."

"후훗. 괜찮다면 프리즈마와 어떻게 싸웠는지 자세하게 들려주실 수 있을까요? 분명 저희한테 도움이 될 거예요."

"음……. 그게 말이지……."

라피니아가 고민스러운 표정을 지었다.

너무 자세하게 설명하면 잉그리스가 라파엘을 때려서 기절시킨 행동 등, 문제가 될만한 정황들이 드러나 버리기 때문이다.

라파엘의 명예를 위해서라도 적당히 묻어두는 편이 좋아 보였다.

"뭐, 조금이라면……. 말하기 힘든 부분도 있거든요."

"아아, 실례했습니다. 국가 기밀을 함부로 발설하면 안 되겠죠."

"언니들, 프리즈마를 쓰러트려서 이 나라를 지켜낸 거지? 그렇게 대단한 사람이 날 구해준 거구나……. 나도 언젠가 언니들처럼 되고 싶어."

아리나가 동경의 눈빛을 보냈다.

"뭐, 결과적으로는 그렇지. 크리스가 벌인 일에는 '결과적으로'라는 수식어가 붙으니까 본받지 않는 편이 좋아."

"으, 응……? 그게 무슨 뜻이야……?"

아리나가 당황하며 물었다.

"이번에도 그래. 맞선 요청이 잔뜩 들어왔는데, 나를 쓰러트리면 결혼해 주마! 라면서 맞선 상대와 싸우려는 거 있지? 크리스는 모든 걸 싸움으로 판단해서 문제라니까. 아리나는 어떻게 생각해?"

"자, 잘은 모르겠지만…… 결혼은 강한 사람이 아니라 좋아하는 사람하고 해야 한다고 생각해……."

의외로 정곡을 찌르는 답변이 되돌아왔다.

"앗하하하하! 그렇지? 잘 아네! 어쨌든 크리스는 이런 애니까 본받으면 안 돼, 아리나."

라피니아가 큰 소리로 웃으며 아리나의 머리를 쓰다듬었다.

"아하하핫! 잉그리스 님이 그런 말을 하셨나요? 피는 못 속이겠네요. 예전의 세레나 님을 똑 닮으셨어요……!"

에이다도 재밌다는 듯이 웃었다.

"하지만 이렇게라도 하지 않으면 맞선에 나갈 마음에 안 드는 걸! 이왕이면 즐기는 편이 좋잖아!"

"그러니까 그 사고방식이 문제라고 말하는 거야, 우리는."

"그래도 크리스 언니가 싸우는 모습을 볼 수 있다니 기대된다……! 세상에서 가장 강력한 마석수를 쓰러트렸다는 건 세상에서 가장 강하다는 뜻이잖아……?! 나도 기사가 되기로 했으니까 크리스 언니처럼 대단한 사람을 보고 배우고 싶어!"

아리나가 잉그리스를 향해 동경의 눈빛을 보냈다.

너무나 귀여웠다. 순수한 아이다.

저런 눈으로 바라보면 기대에 부응해 주고 싶어지는 법이다.

"나는 아직 멀었어. 그래도 아리나가 지켜봐 준다니 분발해 볼게."

"분발하면 안 되지……. 너무 빨라서 보이지도 않는단 말이야. 견학하는 의미가 없잖아."

"서, 설득력이 있네요……. 예전에 마석수 무리와 싸우시는 모습을 본 적이 있는데, 잉그리스 님의 움직임을 눈으로 좇느라 목이 뻐근할 지경이었다니까요. 그날 이후로 실력을 더 키웠다고 생각하면…….."

"그, 그 정도야……?!"

"후후…… 기대해 줘. 그보다 에이다 씨, 아리나를 보살피는 데 뭔가 어려운 점은 없으신가요? 저희가 할 수 있는 일이라면 협력해 드릴게요."

"글쎄요. 굳이 말하자면……."

"뭔가요?"

"나도 협력할게!"

"방금 말씀드렸다시피 아리나는 상급 마인 보유자예요. 하급 마인무구를 자유자재로 다루게 된 건 좋지만, 현재 이 아이에게 건네줄 중급 이상의 마인무구가 없는 상태예요. 아리나의 재능을 살리려면 상급 마인무구를 건네줘야 할 텐데…… 유미르의 자금 사정으로는 도저히……."

원래 상급 마인무구는 간단히 얻을 수 있는 물건이 아니었다. 상급 마인 보유자가 많아 보이듯 잉그리스의 주변 상황이 특별했을 뿐이다.

마인무구를 하사받으려면 하이랜더가 막대한 공물을 바쳐야 했다. 상급 마인무구쯤 되면 마을 하나가 1년을 먹고살 만큼의 비용이 필요했다.

빌포드 후작도 라피니아가 애용하는 샤이니 플로를 얻기 위해서 적잖은 고생을 해야 했다.

"그렇군요……. 확실히 그건 좀 문제네요."

"돈이라……. 기사 아카데미에서 마인무구를 빌릴 수 있다면 좋을 텐데……."

"그건 아카데미의 소유물이잖아. 아무한테나 빌려줬으면 다들 달라고 했을걸."

"하긴…… 듣고 보니 그렇네."

"후작님은 뭐라고 하셨나요?"

"알아보겠다고 말씀하시긴 했지만…… 유미르의 재정이 썩 좋지는 못하거든요."

"으음……. 좋아, 그렇다면!"

잉그리스가 손뼉을 쳤다.

"이 마인무구를 잠시 저한테 빌려주실 수 있을까요?"

잉그리스가 아리나의 망치를 가리키며 말했다.

"똑같은 마인무구가 하나 더 있는데 그거라도 괜찮을까요?"

"네, 괜찮습니다! 그 외에도 남아있는 마인무구가 있다면 부탁드릴게요."

"알겠습니다."

"뭘 하려고, 크리스?"

"응? 개조할 거야."

잉그리스는 씨익 웃으며 대답했다.

현재 왕도에서는 일련의 사태에 대한 뒷수습이 이어지고 있었다.

덕분에 기사 아카데미도 최근 한 달간 여러 가지 새로운 변화를 맞이했다.

먼저, 잉그리스가 노획한 베네픽군의 공중전함이 아카데미에 배치되어 수리 중이었다.

유능한 교관도 새롭게 채용했다.

그리고 마석수로 변해버린 사람들을 원래대로 되돌리기 위한 연구에도 착수했다.

공중전함의 수리와 사람들을 되돌리는 연구는 세오도어 특사의 협력을 받고 있었다.

특히 세오도어 특사에게는 여동생인 세이린이 걸린 문제였다. 열의가 남다를 것이다.

하이랜더라서 지상의 인간보다는 연구에 유리하겠지만, 그래도 양측의 목표는 같았다.

다만, 목표를 달성하기는 절대 쉽지 않을 것이다.

잉그리스보다 에테르를 잘 다루는 혈철쇄 여단의 흑가면조차 이렇게 말했다.

마석수로 변한 인간을 원래대로 되돌리는 것은 불가능하다고.

즉, 못해도 흑가면보다는 높은 기술력을 갖춰야 한다는 뜻이었다.

하지만 역시 문제는 가능하다는 보장이 없다는 것이었다.

물론 잉그리스도 협력은 할 생각이었다.

그래서 때때로 밀리에라 교장과 세오도어 특사의 연구실에 드나들곤 했다. 그 과정에서 마인무구가 어떻게 제작되는지도 배웠다.

아무리 그래도 마인무구를 뚝딱 만들어내기는 어려웠지만, 기성품을 조정하거나 개조하는 것 정도는 가능해 보였다.

마침 좋은 기회이니 시험해 볼 생각이었다.

"오오오오……! 그런 게 가능해……?!"

"응. 교장 선생님과 세오도어 특사한테 배웠거든. 기술서도 읽었고. 모처럼 좋은 기회니까 시험해볼게. 마인무구를 강화할 수 있다면 아리나의 훈련에도 도움이 될 거야."

"와아……. 고마워, 크리스 언니!"

"고맙습니다, 크리스 님!"

여태껏 잉그리스는 마인무구에 별로 관심이 없었다.

굳이 주목한 점을 꼽자면 마인무구의 기프트를 재현할 수 있을지도 모른다는 것 정도였다.

대부분의 마인무구는 에테르를 주입하면 부서져 버리기에 별로 쓸모가 없다고 여기고 있었다.

실제로 레오네의 대검에 에테르를 불어넣자 얼마 버티지 못하고 파괴되어 버렸다.

하지만 이러한 잉그리스의 생각은 궁극의 마인무구인 하이랄 메나스를 들고 프리즈마와 싸운 이후로 변하게 되었다.

하이랄 메나스의 성능이 잉그리스의 예상 이상으로 엄청났던 것이다. 그야말로 궁극의 마인무구라 하기에 부족함이 없었다.

하이랄 메나스를 일반적인 마인무구와 비교하기는 힘들지만, 그래도 마인무구에 대단한 잠재력이 숨겨져 있다는 것만큼은 분명했다.

즉, 기존의 마인무구를 잘 개량한다면 잉그리스의 에테르에 견디는 마인무구가 탄생할지도 몰랐다.

그래서 잉그리스는 기회가 생길 때마다 밀리에라 교장과 세오도어 특사를 찾아가 마인무구의 구조에 관해 질문했다.

지금의 목표는 용린검과 맞먹는 강도의 마인무구로 개량해 내는 것이었다.

용린검은 신룡 후페일베인의 비늘을 두드려 검의 형태로 만들었을 뿐인 급조품이었지만, 그래도 잉그리스의 에테르에 버텨주는 훌륭한 무기였다.

하지만 아쉽게도 프리즈마와의 전투에서 파괴되고 말았다. 여분으로 남겨둔 것도 없었다.

그래서 새로운 무기가 필요하던 참이었다.

에테르에 견딜 정도로 강인해야 하고, 기프트까지 부여할 수 있다면 만만세였다.

물론, 에리스나 리플과 같은 하이랄 메나스의 성능에는 미치지 못할 것이다. 게다가 잉그리스는 하이랄 메나스를 단순한 무기로 받아들이기가 힘들었다. 그래서인지 무기를 사용한다기보다는 에리스와 리플의 힘을 빌리는 듯한 느낌이 들었다.

자신의 실력으로 승부하고 싶은 잉그리스로서는 뭔가 석연찮았다.

반면에 용린검이나 강화형 마인무구라면 무기라고 납득할 수 있었다.

이리하여 잉그리스 에이다로부터 하급 마인무구를 받아 들고 생가인 유크스 저택으로 돌아갔다. 그리고 밤늦게까지 세레나와 오붓한 시간을 보냈다.

라피니아도 후작가에 남아 이리나와 둘이서 시간을 보냈다.

맞선 상대를 비롯하여 여러 가지로 쌓인 이야기가 많았을 것이다.

단, 맞선에 대해서만큼은 이쪽에서 따로 조치를 취할 생각이었다!

늦은 밤. 잉그리스는 다시 한번 에이다를 방문했다.

에이다는 유미르 성의 병영에서 서류 작업을 하고 있었다.

아리나는 일찌감치 잠들어 있을 시간이었다.

"에이다 씨, 실례할게요."

"앗, 잉그리스 님……! 무슨 일인가요? 아, 혹시 마인무구의 개조가 벌써 끝난 건가요?"

"아뇨, 그건 아직……. 에이다 씨한테 부탁이 있어서요."

"네. 어떤 부탁인데요?"

에이다가 빙그레 웃으며 대답했다.

"이 편지를 왕도에 계신 후작님께 전해주시면 안 될까요? 죄송하지만 가능한 한 빨리 부탁드려요."

편지의 내용은 물론 라피니아의 맞선을 막아달라는 것이었다.

그래야 하는 이유도 확실하게 적어두었다.

프리즈마는 격파되었지만, 왕국의 정세는 아직 수습되지 않은 상태였다.

예를 들어, 앞으로 알카드와의 관계를 어떤 방식으로 개선해 나갈 것인가?

알카드의 사과를 받아들여 온건하게 해결하자는 자들도 있을 것이고, 칼리아스 국왕이 암살당할 뻔했다는 명분을 내세워 알카드를 침공하길 원하는 자들도 있을 것이다.

베네픽 쪽도 마찬가지다.

로슈폴이 기사단을 이끌고 왕도를 급습했다는 명분을 내세워 베네픽을 침공할 수도 있을 것이고, 베네픽의 사과를 전제로 다시 화친을 맺을 수도 있을 것이다.

상황에 따라서 어느 쪽으로 기울어도 이상하지 않았다.

왕가의 방침이 명료하지 않은 지금, 귀족들은 앞다퉈 프리즈마 토벌에 큰 공을 세운 라피니아를 신부로 맞아들이려 하고 있었다. 여기에는 본인의 발언력을 키우려는 정치적 목적이 다분히 포함되어 있다고 볼 수 있었다.

게다가 앞으로 상대 가문과 빌포드 후작의 견해가 상충할 경우, 며느리인 라피니아를 내세워 대립하기 어렵게 만들 가능성도 있었다.

따라서 지금은 혼담을 받아들일 때가 아니라 신중히 상황을 지켜봐야 할 때다, 라는 취지의 내용을 편지에 상세하게 기재해 놓았다.

즉, 잉그리스는 빌포드 후작에게 라피니아의 혼담을 거부할 명분을 가르쳐 주려는 것이다.

같은 말이라도 누가 하느냐에 따라 무게가 다르다. 빌포드 후작이 적임자였다.

편지의 마지막에는 라니가 결혼하게 돼서 쓸쓸하다고 본심을 적어두었다.

빌포드 후작이라면 딸아이와 손녀딸을 생각하는 동지로서 잉그리스의 마음을 이해해 줄 것이라고 믿었다.

만약 이 작전이 통하지 않는다면 그때는 실력 행사도 불사할 생각이었다.

"네, 알겠습니다. 그러면 바로 사람을 보낼게요. 몇 대에 불과하지만 저희 기사단도 플라이 기어를 양도받았거든요. 불철주야로 날아가면 이른 시일 내에 후작님께서 편지를 받아보실 수 있을 거예요. 세상 참 편리해졌다니까요."

스타 프린세스호를 빌려주는 방법도 있지만, 그러면 라피니아가 눈치채 버릴지도 몰랐다.

지금은 유미르 기사단의 플라이 기어에 신세를 지는 수밖에 없었다.

"동감이에요. 그럼 잘 부탁드립니다."

"네, 맡겨주세요."

웃으며 잉그리스를 배웅한 뒤, 에이다는 중얼거렸다.

"다행이다. 조금만 늦었으면 플라이 기어를 두 번이나 보냈을 뻔했어."

잉그리스가 방문하기 조금 전, 라피니아도 에이다에게 편지를 맡기고 돌아갔던 것이다.

10분 전. 라피니아는 병영에 있는 에이다를 찾아와 있었다.

"에이다! 부탁해, 이 편지를 왕도에 있는 라파 오라버니한테 보내줘! 최대한 빨리⋯⋯!"

"급한 전보인가요⋯⋯?! 알겠습니다. 곧바로 플라이 기어를 준비할게요."

"응, 고마워! 후후후⋯⋯ 이걸로 크리스도⋯⋯!"

라피니아가 수상한 미소를 지어 보였다.

"라피니아 님⋯⋯? 대, 대체 무슨 일이길래."

"방금 크리스가 그랬잖아. 자기를 쓰러트린 사람과 결혼하겠다고."

"네, 저도 들었어요."

"훗훗후⋯⋯. 크리스는 무조건 이길 거라고 방심하고 있지만, 세상에 절대란 건 없는 법이지⋯⋯!"

"그 말씀은?"

"라파 오라버니야. 라파 오라버니를 부르는 거야⋯⋯! 크리스를 맞선으로 지치게 만든 다음, 마지막에 라파 오라버니를 내보내서 쓰러트리는 거지! 그렇게 하면 라파 오라버니와 크리스를 결혼시킬 수 있어! 크리스도 본인이 내뱉은 말이니까 어기지 못할 거야!"

"오오…… 괜찮은 생각이네요! 두 분이 결혼한다면 유미르의 미래는 밝을 거예요!"

"그렇지? 그렇지? 크리스는 그 모양인 데다, 라파 오라버니도 소심해서 맺어주기가 쉽지 않거든. 어떻게 보면 이건 좋은 기회야!"

그렇기에 라피니아는 잉그리스가 맞선을 보겠다고 했을 때 말리지 않았다. 자신의 맞선을 방해하는 건 사양이지만.

라피니아는 잉그리스와 라파엘이 이어지길 원했다.

두 사람이 결혼해서 유미르를 짊어질 라파엘 후작 부인이 되었으면 했다.

솔직히 말하자면 잉그리스가 라파엘 이외의 남성과 맞선을 보는 것도 싫었다.

하지만 라피니아 본인이 맞선에 흥미가 있었기에, 잉그리스더러 맞선을 보지 말라고는 차마 말할 수 없었다.

"그렇다면 이건 중요한 편지네요!"

"응! 맞아! 확실하게 전달해줘!"

"알겠습니다!"

그 말을 끝으로 라피니아는 병영을 뒤로했다.

그리고 다음 날부터 잉그리스와 라피니아는 고향 유미르에서 오랜만의 즐거운 시간을 만끽했다.

군것질을 하면서 거리를 돌아다니고, 의류점에 들러 새로 나온 의상을 입어보았다.

기사단과 함께 마석수 토벌에 나서기도 했다.

두 사람은 아리나와 함께 행동했는데, 덕분에 색다른 재미를 느낄 수 있었다.

그렇다고 단지 놀기만 한 것은 아니었다. 공부를 도와주기도 하고, 영주성의 서고에서 아리나가 읽을 만한 책을 찾아주기도 했다.

밤이 되면 잉그리스는 방에서 혼자 마인무구를 개조했다.

이러한 나날들이 며칠에 걸쳐 천천히 흘러갔다.

에이다에게 편지를 맡겼다는 사실을 서로에게 숨긴 채로.

며칠 뒤. 유크스 저택, 잉그리스의 방.

잉그리스는 밤새도록 작업을 하느라 살짝 늦잠을 자고 말았다.

덜컹!

난데없이 방문이 열렸다.

다다다!

방 안으로 달려오는 누군가의 발소리.

"?!"

잉그리스도 가까스로 알아챘지만 때는 이미 늦었다.

덥석!

익숙한 인물이 침대 위로 뛰어들었다.

"히익?!"

"좋은 아침! 크리스!"

환하게 웃고 있는 라피니아였다.

전속력으로 달려와 뛰어든 만큼 충격이 상당했다. 게다가 무거웠다.

"생일 축하해! 오늘부로 16살이네!"

"라니……!"

하지만 자신의 생일을 축하해 주기 위해서라는 걸 알게 되니 불평은커녕 흐뭇한 미소밖에 나오지 않았다.

"좋은 아침, 라니. 그리고 고마워."

"응! 자, 그러면 후딱 벗겨 보실까!"

라피니아는 그렇게 말하며 잉그리스의 잠옷을 벗겨내기 시작했다.

함께 따라온 린이 이때다 하고 잉그리스의 가슴에 뛰어들었다.

"히이이익?! 그만둬, 라니……! 뭐, 뭘 하려고……?"

"뭐기는! 생일이라서 새로운 옷을 만들어 왔지! 어…… 잠깐. 가슴이 또 커졌네? 사이즈가 맞으려나? 잠깐 실례."

주물럭, 주물럭…….

필요 이상으로 잉그리스의 가슴을 주물러대는 라피니아.

"어? 그럴 리 없는데……? 딱히 속옷이 작아진 것도 못 느꼈고."

"흠……. 뭐, 그렇겠지. 그냥 조금 주물러보고 싶었을 뿐이야."

"너무해……! 게다가 조금이 아니잖아! 어휴……!"

라피니아는 침대에서 폴짝 뛰어내려 도망가 버렸다.

"고생해서 새로운 옷을 만들어 왔으니까 수수료라고 생각해. 자, 일어나서 이거나 입어봐! 분명 어울릴 거야!"

라피니아는 귀엽게 포장된 선물 상자를 들고서 신난 듯 빙글빙글 돌기 시작했다.

"응, 알았어."

잉그리스는 자기도 모르게 미소를 지으며 침대에서 몸을 일으켰다. 그런데 그때.

쾅!

라피니아가 침대 옆에 놓여있던 책상에 부딪혀 휘청거렸다.

"으앗?!"

"라니!"

잉그리스는 곧바로 라피니아를 부축해 주었다.

하지만 그 대신 책상 위에 올려둔 마인무구가 바닥에 떨어지고 말았다. 잉그리스가 한창 개조 중이던 물건이었다.

어지럽게 늘어놓았던 부품과 재료들도 덩달아 바닥에 쏟아져 내렸다.

퍼어엉!

무엇과 무엇이 부딪쳤는지는 불명이지만, 커다란 소리와 함께 연기가 피어오르더니 실내를 가득 메웠다.

한순간 눈앞이 가려져 아무것도 보이지 않았을 정도였다.

"우왓?! 뭐, 뭐야 이게……?! 콜록, 콜록……!"

"이, 일단 창문부터 열자……!"

연기가 빠져나가면서 조금씩 시야가 회복되었다.

"미, 미안해, 크리스……! 나 때문에…….

"또 만들면 되니까 신경 쓰지 마. 그보다 괜찮아? 아픈 데는 없고?"

"응, 괜찮아…….

잉그리스가 내민 손을 라피니아가 붙잡았다.

……그런데 뭔가 위화감이 느껴졌다.

손의 감촉이 평소와 달랐다.

묘하게 부드러웠다.

""응?""

그 위화감의 정체는 곧 판명되었다.

눈앞에 있는 라피니아의 모습이 10년 전의 대여섯 살 무렵으로 돌아가 있었다.

""와, 그리워라! 귀여워!""

두 사람이 한목소리로 외쳤다.

""어?""

이번에도 같은 반응이었다.

""거, 거울!""

거울 안에는 대여섯 살 모습의 잉그리스와 라피니아가 있었다.

""에에에에에에엑?!""

두 사람은 입을 모아 경악했다.

영웅왕,

극한의무를 위해 전생하다

그리고 세계 최강의 견습 기사가 되다♀

그리고 잉그리스와 라피니아는 작아진 몸을 되돌리지 못한 채
로 맞선 예정일을 맞이했다.

"으음, 큰일이네⋯⋯."

"그러게, 언니⋯⋯. 애초에 원래대로 돌아갈 수는 있는 걸까?"

이리나와 세레나가 무릎 위에 두 딸을 앉혀놓고 말했다.

"하지만 이건 이것대로 나쁘지 않은 것 같아."

"그건 그래. 맞선 때문에 곤란한 것만 제외하면."

두 어머니가 딸들을 꽈악 끌어안았다.

""아아, 귀여워⋯⋯.""

잉그리스와 라피니아가 어린아이가 되어버리자 두 어머니는
걱정을 금치 못했다. 하지만 딸들이 그리운 옛 모습으로 돌아왔
기 때문일까, 걱정보다 기쁜 마음이 앞서는 모양이었다. 그래서
이렇게 무릎에 올려놓고 끌어안기 일쑤였다.

벌써 며칠째 이 상태였다.

그 마음을 모르는 것은 아니었다.

잉그리스도 어려진 라피니아를 보고 귀여움을 주체하지 못했
고, 라피니아도 작아진 잉그리스를 보고 감동했는지 한동안 서로
를 꽉 끌어안았다.

게다가 거울 속에 비친 자신의 모습도 무척이나 귀여웠다. 혼
자 있을 때는 거울 앞에서 몇 시간씩 시간을 보냈다.

라피니아가 생일 선물로 준비해 준 옷은 입지 못하게 되고 말았지만.

그래도 두 어머니를 기쁘게 해드렸으니 잘된 일이다.

문제는 며칠이 지나도 원래대로 돌아가지 않았다는 점이다.

효과가 영구적인 걸까? 잉그리스로서도 확신할 수가 없었다.

전문적인 지식이 없는 상태에서 마인무구를 개조하다가 발생한 사고였기 때문이다.

마인무구의 핵에 해당하는 부품을 이어 붙여 종합적인 출력을 높이고, 능력의 종류에도 변화를 줄 수 없을까 실험하던 중이었다.

잉그리스가 목표로 했던 것은 공격한 대상의 크기를 바꾸는 능력이었다.

아리나는 아직 10살짜리 소녀다.

마석수는 힘들지 몰라도, 만약 인간과 싸우게 될 경우 상대의 크기를 줄인다면 목숨을 빼앗지 않고 무력화시킬 수 있지 않을까 하고 고심한 결과였다.

자유자재로 변화하는 레오네의 마인무구 능력을 타인에게 적용하고 싶었던 것이다.

핵심 부품의 마나 흐름을 재구성해 보기도 하고, 감미료를 넣듯이 에테르를 살짝 주입해 보기도 했다.

어쩌면 에테르를 사용한 것이 문제였을지도 몰랐다.

부품에 과도한 부하가 걸리는 바람에 약간의 충격만으로도 마인무구가 폭발해 버렸고, 그로 인해서 내부의 능력이 사방으로 방출되었을 가능성이 있었다.

추측할 수 있는 것은 여기까지였다.

만약 시간이 지나도 원래의 몸으로 돌아가지 않는다면 밀리에라 교장이나 세오도어 특사를 찾아가 본격적으로 상담을 구하는 수밖에 없었다.

그렇지만 당장은…….

"한동안은 이 모습으로 있어도 별문제 없어요. 휴가가 끝나고도 원래대로 되돌아가지 않는다면 기사 아카데미에 도움을 구해 볼게요. 그러니 맞선은 이대로 보도록 하죠. 딱히 곤란할 것도 없고요."

대여섯 살의 어린 몸이라도 충분히 싸울 수 있었다.

신체 능력이 살짝 저하되고, 팔다리가 짧아져 공격 범위가 줄어들었을 뿐이다.

"뭐어? 난 곤란하다구. 이런 꼬맹이 모습으로 어떻게 맞선을 봐!"

"나는 괜찮아. 얼마든지 싸울 수 있어."

"그러니까 맞선은 싸움이 아니래도!"

"뭐, 하긴. 어린애를 맞선에 내보내긴 어렵겠지…….."

"그렇지?! 어떻게 되돌릴 수 없을까, 크리스……?!"

"지금은 어려울 거 같아. 미안."

잉그리스가 싱긋 웃으며 말했다.

라피니아가 맞선을 볼 수 없다면 잘된 일이다.

이렇게 되면 굳이 빌포드 후작이 개입할 필요도 없었다.

잉그리스도 어린아이로 변하고 말았지만 이대로도 싸울 수 있으므로 큰 문제는 아니었다.

잉그리스에게 이기면 혼담을 진행하겠다고 했으니 도전자들은 오히려 기회로 인식할 것이다.

즉, 원래의 모습으로 돌아갈 수 있는지 없는지는 중요하지 않았다.

돌아가지 않는 게 이득이었다. 적어도 지금은.

"무슨 생각 하는지 다 보여, 크리스! 내 맞선이 엎어져서 잘됐다고 생각하고 있지!"

"그렇지 않아."

"……뭐, 라파 오라버니한테는 절호의 기회지만…….'

라피니아가 나지막이 중얼거렸다.

"응? 뭐라고?"

"아무것도 아냐!"

바로 그때, 에이다가 모습을 드러냈다.

"여러분! 손님이 찾아오셨어요!"

잉그리스는 세레나의 무릎에서 폴짝 뛰어내렸다.

그러고는 두 주먹을 맞부딪쳤다.

"드디어 왔군요……! 에이다 씨, 적은 몇 명인가요?"

"적이 아니래도 그러네! 맞선 상대라고!"

"정말로 옛날의 세레나랑 똑같구나…….'

"아하하하……."

"저, 도착하신 손님은 한 분인데……."

"한 명뿐이군요. 아쉽기는 하네요. 며칠 뒤에 오시려는 걸지도 몰라요. 게다가 혼자서 당당히 입성하다니, 실력에 자신이 있다는 뜻이군요. 어떤 분이신가요?"

"그게, 실력은 출중하신 분이지만 맞선을 보러 오신 것 같지는 않아요."

""응?""

그렇다면 도대체 무슨 용건일까.

잉그리스와 라피니아는 고개를 갸웃했다.

"아, 혹시 라파 오라버니야?"

하지만 라파엘이라면 손님이라고 부르지 않았을 것이다. 고향으로 돌아온 가족이니까.

"아니에요. 하이랄 메나스인 에리스 님께서 찾아오셨습니다."

""에리스 씨가?!""

어째서 에리스가 찾아온 것일까.

두 사람은 곧장 에리스가 있는 곳으로 향했다.

"에에에엑?! 어, 어떻게 된 거야, 너희들! 그 모습은 대체……!"

잉그리스와 라피니아의 모습을 목격한 에리스가 화들짝 놀라

외쳤다.

"마인무구를 개조하려다 실패해서 폭주해 버린 것 같아요."

"괘, 괜찮은 거야……?"

"네. 가끔은 어린아이의 모습도 나쁘지 않던걸요. 나름대로 즐기고 있어요. 라니를 보세요, 엄청 귀엽죠?"

"귀, 귀엽기로 치면…… 너도 상당한걸. 어릴 적에는 이렇게 생겼었구나."

"고맙습니다. 그런데 이곳에는 무슨 일이시죠? 혹시 누군가의 용병이나 대리로 오신 건가요?! 그렇다면 지금 바로 대련을 부탁드릴게요!"

"아니야. 내가 어째서 용병 노릇을 하겠어……."

"……뭣하면 에리스 씨가 직접 나서서 대련해 주셔도 괜찮습니다!"

"바, 바보 같은 소리 마……! 만약에 내가 이기면 너하고 결혼해야 하잖아……!"

에리스는 그녀답지 않게 당황한 모습을 보였다.

"뭐, 그 부분은 나중에 이야기하고 우선 대련부터……!"

"아, 안 된대도……!"

"자자, 크리스! 에리스 씨를 난처하게 만들지 마!"

라피니아가 나서서 잉그리스를 말렸다.

"그러면 에리스 씨는 어떤 용건으로 오신 건가요?"

"그, 그렇지……. 난 왕가의 요청을 전하기 위해서 왔어."

““왕가의 요청……?!””

이리나와 세레나가 놀라서 외쳤다.

“네. 이번에 두 사람의 혼담을 취소해 달라더군요.”

“네에……?!”

“왕가에서 그런 요청을……?!”

“칼리아스 국왕 암살 미수. 베네픽군의 왕도 급습. 여기에 프리즈마의 부활까지……. 이 짧은 기간에 커다란 사건들이 연달아 일어났어요. 국가의 방침이 정해지지도 않은 상황에서 두 사람의 혼인이 결정되면 그 정치적 파급력을 감당하기 힘들다는 왕가의 판단입니다. 예를 들어, 두 사람과 결혼한 유력 귀족이 복수를 위해 베네픽을 침공하자고 주장한다면 의견이 그쪽으로 크게 기울 테죠. 이 아이들에게는 그만한 명성이 있어요.”

에리스가 이리나와 세레나를 바라보며 말했다.

““그, 그렇군요…….””

서로를 마주 본 두 사람은 긴장한 얼굴로 고개를 끄덕였다.

“필요 이상의 영향을 피하고자 혼담을 자제해 달라는 왕가의 요청입니다. 그리고 이 입장문은 빌포드 후작과 류크 기사단장의 동의를 얻어 각 영지에 전달해 드렸습니다. 따라서 혼담 상대가 찾아올 일은 없을 거예요. 사후 보고를 해드린 점 깊이 사과드립니다.”

에리스는 이리나와 세레나를 향해 머리를 숙였다.

“……그, 그렇군요. 알겠습니다.”

"그런 거라면 어쩔 수 없죠……."

"하긴, 라피니아와 크리스도 이런 모습이 되어버렸으니……. 오히려 상대분께 민폐를 끼치지 않아도 돼서 다행일지도 모르겠어."

"언니 말이 맞아. 그럼 한동안은 작아진 두 사람을 귀여워해 주기로 할까?"

이리나와 세레나가 자신의 딸을 안아 들며 말했다.

"그렇게 말씀해 주셔서 고맙습니다……. 확실히 두 사람 모두 귀엽군요."

에리스는 그 모습을 보며 미소 지었다.

좀처럼 보여주지 않는 표정이다.

"아아, 나도 맞선을 보고 싶었는데!"

"나도 나라의 실력자들과 싸우고 싶었는데……!"

"'편지가 잘못된 건가……?'"

잉그리스와 라피니아의 목소리가 겹쳤다.

"뭐?! 크리스, 편지를 보냈어……?!"

"라니야말로……! 뭐라고 썼길래……?!"

"너희들이 쓴 편지 말인데……. 전부 라파엘이 받았어. 빌포드 후작은 중요한 회의 때문에 부재중이었거든."

에리스가 두 통의 편지를 꺼내 들었다.

하나는 잉그리스가 빌포드 후작에게 보낸 편지.

다른 하나는 라피니아가 라파엘에게 보낸 편지.

잉그리스는 라피니아가 쓴 편지를 훑어보았다.

잉그리스가 자기를 이긴 사람과 혼담을 진행하기로 했으니 돌아와서 쓰러트리라는 내용이었다.

하지만 라피니아의 맞선에 대해서는 적혀있지 않았다.

방해받기 싫었던 모양이다.

어쨌든 이건 이것대로 나쁘지 않았다. 라파엘과 진심으로 붙어볼 수 있다면 잉그리스로서도 환영이었다.

"앗! 크리스의 편지에 에리스 씨가 했던 말들이 그대로 적혀있어!"

"하지만 나는 라니의 맞선만 막아달라고 썼는데……."

"라파엘이 갑자기 예정을 바꿔서 휴가를 내고 싶다고 했거든. 웨인 왕자와 세오도어 특사가 무슨 일인가 하고 이유를 물었지. 그러다가 편지를 보게 되었는데, 확실히 이 시기에 혼담을 진행하는 건 자제하는 편이 좋겠다는 쪽으로 의견이 좁혀졌어. 너희 편지에는 한 사람씩만 언급되어 있었지만 두 사람 모두 관두게 하자고 결론이 났지. 그렇게 웨인 왕자와 세오도어 특사가 칼리아스 국왕 폐하께 허가를 받아서 지금의 입장문을 내놓게 된 거야."

"아아, 라파 오라버니가 아니라 후작님께서 편지를 받았더라면……!"

그랬다면 라피니아의 맞선만 몰래 취소시켜 주었을 텐데.

라피니아가 라파엘에게 편지를 부치는 바람에 잉그리스의 편지까지 라파엘에게 도착하고 말았다. 그것이 불행하게도 지금의 상황으로 발전해 버린 것이다.

굳이 잉그리스의 맞선까지 취소할 필요는 없었다. 도전자를 전부 쓰러트리면 정치적으로 이용할 사람도 나타나지 않을 테니까.

"라니가 라파 오라버니한테 편지를 쓰는 바람에……!"

"크리스가 편지에 쓸데없는 내용을 적는 바람에……!"

잉그리스와 라피니아가 두 어머니에게 안긴 채로 말다툼을 했다. 그런데 그때.

"여, 여러분……! 크, 크크, 큰일이에요!"

에이다가 몹시 당황한 모습으로 돌아와 말했다.

"에이다 씨……?!"

"무, 무슨 일인데? 그렇게 당황해서는……!"

하이랄 메나스인 에리스가 방문했을 때도 이 정도로 놀라지는 않았던 그녀다.

"보, 보시면 아실 거예요……! 밖으로 나와서 하늘을 봐주세요!"

"밖으로 나와서…… 하늘……?"

"어쩌면 마석수가 나타난 걸지도 몰라!"

잉그리스는 세레나의 품에서 폴짝 뛰어내려 제일 먼저 달려갔다.

맞선이 취소되었으니 마석수라도 나타나 주지 않으면 수지에 안 맞는다.

"앗! 기다려, 크리스……!"

"분명 나를 위해서 쳐들어온 걸 거야! 강한 마석수라면 좋겠다!"

라피니아는 잉그리스를 쫓아가려 했지만, 몸이 작아진 탓인지 발을 헛디뎌 넘어지고 말았다.

"꺄악! 으으……!"

그러자 에리스가 라피니아의 몸을 번쩍 안아 들었다.

"귀여워진 건 겉모습뿐이구나……! 속은 하나도 안 변했어!"

불평하면서도 라피니아를 안고 따라가는 에리스. 그렇게 잉그리스 일행은 안뜰에 있는 기사단 훈련장으로 향했다.

"응……?"

실외인데도 불구하고 어두웠다. 날씨도 분명 좋았을 텐데.

그림자가 훈련장 전체를, 성 전체를, 아니, 유미르 전체를 뒤덮고 있었다.

잉그리스는 위화감을 느끼며 에이다가 말한 대로 하늘을 올려다보았다.

그곳에는 유미르의 몇십 배에 달하는 거대한 섬이 떠있었다.

"오오오오……! 저건……?!"

"이, 이렇게 가까이서 본 건 처음이야……!"

"어, 어째서 이곳에……!"

저 섬의 그림자로 인해 주변이 밤처럼 어두워진 것이다.

""하이랜드……!""

59

유미르 상공에 느닷없이 나타난 하이랜드.

이렇게 가까이서 보니 그 규모와 박력이 엄청났다.

"하하하……. 마석수는 아닌가 봐, 크리스……."

"분명히 나와 대련하기 위해서 온 걸 거야!"

"그럴 리가 없잖아……! 하지만 어째서……!"

에리스도 얼굴에 긴장감을 드러냈다.

이윽고 에이다와 세레나, 이리나가 밖으로 나와 합류했다.

"에에에에에엑?! 하, 하이랜드……?!"

"어, 어째서 하이랜드가 이런 곳에……!"

"이, 일단은 영격 태세를 취하겠습니다! 유미르 기사단은 각자 자리로!"

에이다가 모여있는 기사들에게 지시를 내리려 하자, 에리스가 그녀를 말렸다.

"아니, 잠깐! 소용없는 짓이야……! 정말로 하이랜드가 침공해 온 거라면 막아내기란 불가능해! 그보다는 주민들의 피난에 주력해 줘! 지키는 건 우리가 어떻게든 해볼게! 마을을 버리고 최대한 멀리 달아나!"

"아, 알겠습니다……! 이리나 님, 세레나 님! 그래도 괜찮을까요?!"

"그, 그래……. 하이랄 메나스인 에리스 님께서 하신 말씀이니까……!"

"따르기로 해요!"

"예……! 플라이 기어 부대! 마을로 가서 주민들을 피난시켜라! 마을을 나와 최대한 멀리 달아나라고!"

""오오오!""

모여있던 기사들은 커다란 함성을 내지른 뒤 뿔뿔이 흩어졌다.

"이리나 님, 세레나 님! 두 분도 어서 피신을! 플라이 기어로 유미르에서 벗어나겠습니다!"

""아뇨!""

두 사람은 고개를 가로저었다.

"저희는 남겠습니다! 남편의 빈자리를 지키는 건 아내의 의무예요!"

"언니 말이 맞아요!"

"이리나 님, 세레나 님……!"

"그러면 적어도 성 안에 피해 있어요! 이곳은 우리한테 맡기고!"

에리스가 두 사람에게 외쳤다.

"이리나 님, 세레나 님! 에리스 님의 말씀대로입니다. 안으로 들어가시죠!"

"에이다! 어머니와 이모님을 부탁해!"

"어머니와 이모님을 부탁드려요!"

"예……! 자, 가시죠!"

에이다가 두 사람을 데리고 안으로 피신했다.

"……! 뭔가가 밖으로 나왔어!"

에리스가 하늘을 가리키며 외쳤다.

"공중전함······?!"

"어, 엄청난 숫자야······. 도, 도대체 몇 대람? 1, 2, 3, 4, 5, 6, 7, 8, 9, 10, 11······."

일일이 세기도 어려울 정도의 전함이 쏟아져 나와 지상과 하이랜드 사이에 대열을 갖추었다.

다만, 실전을 치르려 한다기보다는 보여주기 식의 의전용 배치로 보였다.

"우와······. 하이랜드는 대단해! 공중전함이 저렇게나 많다니! 쓰러트릴 보람이 있겠어······! 분명히 멋진 맞선 상대일 거야······!"

다섯 살 모습의 잉그리스가 아름다운 불꽃놀이라도 되는 것처럼 초롱초롱한 눈으로 하늘을 올려다보았다.

대국이라 불리는 카랄리아조차 보유 중인 공중전함의 수는 단 두 척에 불과했다. 세오도어 특사가 대여해 준 성기사단의 공중전함과, 베네픽군으로부터 노획하여 기사 아카데미에 배치한 공중전함이 그것이다.

하지만 지금 눈앞에는 보이는 것만 십수 척에 달하는 공중전함이 있었다.

그야말로 압도적인 전력 차였다.

저 함대만으로 몇 개의 나라를 멸망시킬 수 있을까.

심지어는 이마저도 단 하나의 하이랜드가 보유한 전력에 불과했다.

게다가 저 함대가 전부라고 단언할 수도 없었다.

"못 말려! 몸이 커지든 작아지든, 상대가 프리즈마든 하이랜드든 크리스는 한결같구나……!"

라피니아가 머리를 싸매며 말했다.

"나한테 불리한 상황이라고 태도를 바꾸면 비겁하잖아……! 나는 언제 어디서든 도전을 받을 각오가 되어있어!"

"말해두지만, 싸우는 건 도전을 받았을 때만이야! 절대로 먼저 공격하면 안 돼! 하이랜드와 전면 전쟁이 되어버리니까! 그렇게 되면 이 나라에 미래는 없어!"

"알겠습니다. 하지만 상대가 어머니와 이모님, 유미르를 멸망시키려 한다면…… 전력을 다해서 해치울 거예요. 이것까지 말리지는 마세요."

"……응! 그건 크리스 말대로야!"

"그런 일이 일어나지 않기를 기도할게……."

바로 그때, 공중전함에서 소대 규모의 플라이 기어와 플라이 기어 포트가 모습을 드러냈다. 그리고 이쪽을 향해 강하하기 시작했다.

"플라이 기어와 플라이 기어 포트……?!"

수는 많지 않았다.

한 척의 플라이 기어 포트와 여러 대의 플라이 기어들.

지상에 풀린 기체들과는 겉모습도 다르고 크기도 조금 더 컸다. 대형 타입인 걸까.

잠시 후 하이랜드의 플라이 기어 소대는 잉그리스 일행이 서 있는 안뜰의 훈련장에 착지했다. 다행히 이쪽을 공격하지는 않았다.

이윽고 기체 안에서 갑옷을 입은 병사들과 단정한 집사복 차림의 백발 남성이 걸어 나왔다. 병사들은 투구로 얼굴을 완전히 가리고 있었고, 백발의 남성에게는 하이랜더임을 나타내는 성흔이 새겨져 있었다.

하지만 성흔을 제외하면 평범한 노신사로밖에 보이지 않았다. 표정도 온화한 편이었기에 엄숙한 병사들 속에서 혼자만 다른 분위기를 풍기고 있었다.

그 노신사는 잉그리스 일행의 앞으로 다가와 정중하게 머리를 숙여 보였다.

"실례합니다. 잉그리스 유크스 님이 맞으십니까?"

그가 에리스에게 물었다.

잉그리스가 젊은 여성이라는 사실은 들어서 알고 있는 모양이었다.

하지만 잉그리스와 라피니아는 어린아이가 되어버린 상태다. 따라서 이곳에 젊은 여성은 에리스밖에 없었다.

"아, 아뇨……. 잉그리스는 이쪽이에요."

에리스가 잉그리스를 가리키며 말했다.

"저한테 무슨 용건이신가요?"

"호오? 생각했던 것보다 훨씬 젊으시군요……."

노신사는 놀랐는지 눈을 동그랗게 떴다.

하지만 곧 온화한 표정으로 되돌아왔다.

"저는 카랄드라고 합니다. 앞으로 잘 부탁드립니다."

"잉그리스 유크스입니다. 정중한 인사, 감사드립니다. 그래서, 무슨 일로 오셨죠?"

잉그리스는 공손한 말투로 인사를 받으며 되물었다.

"예, 저걸 봐주십시오."

노신사 카랄드가 머리 위에 떠있는 하이랜드를 손으로 가리켰다.

"저곳이 바로 무공님께서 거주하고 계신 뤼스퉁 섬입니다."

"무공⋯⋯?! 하이랜드의 삼대공이 직접 행차했다는 거야?!"

에리스의 얼굴에 긴장감이 서렸다.

"누구인지 아시나요, 에리스 씨?"

"⋯⋯하이랜드에 삼대공파와 교주 연합이라는 2대 파벌이 존재한다는 건 알고 있지?"

"네. 세오도어 특사는 삼대공파의 인물이었죠? 전임자인 뮨테 특사도."

삼대공파는 뮨테 특사 시절부터 왕국에 플라이 기어 포트와 플라이 기어를 하사해 왔다.

게다가 세오도어 특사는 웨인 왕자와 친분이 있었기 때문에 더욱 긴밀한 교류가 이루어졌다.

"그래, 맞아. 삼대공이란 기공, 법공, 무공이라는 칭호를 지닌 세 명의 하이랜더를 일컫는 말이야. 즉, 하이랜더의 정점에 서는 인물 중 하나라는 소리지⋯⋯!"

"오오……!"

"네에……?! 세, 세오도어 특사보다 훨씬 대단한 사람이라는 건가요……? 어, 어째서 그런 사람이 이곳에……!"

눈을 반짝이는 잉그리스와 겁을 집어먹은 라피니아.

카랄드는 그 모습을 보고 인자한 웃음을 지었다.

"사전 지식은 이 정도면 충분할 것 같군요."

두세 번 고개를 끄덕인 카랄드는 상공의 하이랜드로 시선을 옮겼다.

"여러분, 조금 흔들릴 테니 주의해 주시기 바랍니다."

카랄드가 말했다. 그러자 하이랜드의 밑바닥이 열리더니 안쪽에서 무언가가 뛰어내렸다.

""사람……?!""

플라이 기어 포트에도, 플라이 기어에도 탑승하지 않고 맨몸으로 공중으로 도약한 것이다.

그리고 낙하하기 시작했다.

속도가 점점 더 빨라지고, 바람을 찢는 파공음이 들려왔다.

콩알만 했던 모습이 커다래지며 잉그리스 일행은 한 가지 사실을 알아챌 수 있었다. 이 인물이 팔짱을 낀 자세로 미동도 하지 않고 낙하하고 있다는 것을.

"내가 왔다아아아!"

콰아아아아앙!

커다란 목소리. 착지. 굉음. 카랄드가 한 말대로 발밑이 흔들렸다.

높은 위치에서 뛰어내린 충격으로 훈련장의 돌바닥이 움푹 파이고 말았다. 평범한 인간이라면 즉사를 면치 못했겠지만, 눈앞의 인물은 상처 하나 없이 멀쩡해 보였다.

불꽃처럼 새빨간 장발을 지닌 근육질의 남성이었다.

나이는 이십 대 중반 정도일까.

생김새는 곱상한 편이었지만 본인의 외모에 관심이 없는지 차림새가 털털했다.

하지만 그러한 모습이 오히려 이 인물의 건장한 체격을 강조하는 결과로 이어졌다.

척 봐도 단련에 단련을 거듭한 강인한 육체였다.

"무공 질드그리버 님이십니다."

노신사 카랄드가 공손하게 인사를 올렸다.

"그리고 이분이 잉그리스 님이십니다."

"호오……? 하지만 겉모습 따위는 아무래도 좋아. 중요한 건 힘이지! 이곳에 오면 하이랄 메나스를 휘둘러 프리즈마를 토벌한 강자와 싸울 수 있다고 들었다! 설마 하이랜더라고 맞선을 거절하진 않겠지?!"

무공 질드그리버는 신분에 어울리지 않는 거친 말투를 사용했다.

씨익 웃는 그의 얼굴은 밝고 시원스러웠지만, 열정이 과하다는 인상도 들었다.

""우, 우와…….""

라피니아와 에리스가 복잡한 표정을 지으며 말했다.

속으로 생각한 것이다. 마치 누군가를 보는 것만 같다고.

"도……!"

"응? 돌아가라고……? 그렇다면 내게도 생각이……."

"도전을 받아들이죠! 잘 찾아오셨습니다! 얼마든지 상대해 드리겠습니다!"

잉그리스는 눈을 반짝이며 곧바로 자세를 잡았다.

최고위 하이랜더가 직접 행차해서 싸움을 걸어 올 줄이야. 오히려 이쪽이 바라던 바였다.

이런 행운을 거절할 리 없었다. 상대방의 마음이 변하기 전에 싸움을 시작해야 했다.

오지 못한 사람들 몫까지 톡톡히 즐길 생각이었다.

"이야기가 빨라서 좋군! 자, 덤벼라! 소녀여!"

무공 질드그리버도 기쁜 표정으로 자세를 잡았다.

"네! 그럼 시작하죠!"

질드그리버의 자세에서는 조금의 빈틈도 찾아볼 수 없었다. 훌륭했다.

이런 상황에서 기회를 엿보는 건 눈치 없는 짓이다.

정면 돌파!

잉그리스는 질드그리버를 향해 돌진했다.

그리고 다섯 살짜리의 작은 주먹을 있는 힘껏 휘둘렀다.

상대방도 맞받아치듯 거대한 주먹을 내질렀다.

"하아아아압!"

"으랴아아아!"

콰과아아아앙!

엄청난 굉음이 울려 퍼졌다.

"아하하……. 마, 만난 지 10초 만에 싸움을 시작해 버렸어……."

"서, 성격이 판박이네……. 닮은 사람이 한 명씩은 꼭 있다더니, 사실이구나."

그게 설마 하이랜더라고는 미처 예상하지 못했지만.

"그, 그래도 유미르가 침략당하는 것보다는 낫겠죠……?"

"하, 하긴……. 그나저나, 프리즈마가 쓰러졌다는 소식을 듣고 저 아이를 조사하고 있었던 걸까? 그러다가 맞선에 관한 정보를 접해서……."

아무리 왕가라 하더라도 하이랜드의 삼대공에게까지 안내문을 보냈을 리는 없었다. 애초에 보낸다 해도 별로 의미가 없었다. 입장상 하이랜드 쪽이 압도적으로 위였으니까.

"허허허. 그렇습니다. 무공님은 늘 자신과 싸워 줄 강자를 찾고 계십니다. 혼자서 수행하는 것도 필요하지만, 그 성과를 확인시켜 주는 호적수의 존재는 무척 소중하지요. 그래서 잉그리스 님에 대한 소문을 듣고는 헐레벌떡 이곳으로 찾아오신 겁니다. 이야, 즐거워 보이셔서 다행입니다."

""아하하하…….""

예전에 어디선가 들어본 듯한 대사였다.

라피니아와 에리스는 메마른 미소를 지었다.

한편, 그녀들의 눈앞에서는 잉그리스와 무공 질드그리버가 주먹으로 격렬한 난타전을 벌이고 있었다.

콰과과과과과과광!

끊임없이 맞부딪치는 어린 소녀의 주먹과, 다부진 남성의 주먹.

체격 차이 때문일까. 잉그리스가 조금씩 밀리고 있었다.

그러다 어느새 주먹과 주먹의 충돌 지점이 코앞까지 다가왔다.

결국 잉그리스는 팔을 교차시켜 방어 자세를 취할 수밖에 없었다.

질드그리버의 주먹이 자그만 팔 위를 난타했고, 잉그리스의 몸은 속절없이 뒤쪽으로 밀려났다.

"과연……! 묵직한 주먹이네요!"

만약 잉그리스의 몸이 작아지지 않았더라도 뒤로 밀려났을 것이다.

"왜 그러지?! 프리즈마를 쓰러트린 녀석이 고작 이 정도는 아닐 텐데?!"

질드그리버는 그렇게 말하며 주먹을 크게 휘둘렀다.

"글쎄요……!"

잉그리스는 씨익 웃으며 중력장을 해제했다.

그리고 날아오는 질드그리버의 주먹에 자신의 주먹을 내질렀다.

콰아아아아아아앙!

이번에는 잉그리스가 약간 우세했다.

"모처럼 찾아와 주셨으니 성심성의껏 대접해 드릴 생각입니다만……!"

"그렇군! 마음에 드는걸!"

두세 걸음 밀려난 질드그리버가 씨익 웃어 보였다.

상대방은 잉그리스가 프리즈마를 쓰러트렸다는 것을 알고 이곳을 방문했다.

하이랜더, 그것도 삼대공쯤 되는 인물이 잉그리스와 정략결혼을 한다던가, 카랄리아에 영향력을 행사한다든가 하는 목적이 있을 리 없었다.

오로지 잉그리스와 싸우기 위해서 이곳에 온 것이다.

그렇다면 질드그리버도 프리즈마를 쓰러트린 자를 상대할 만한 실력을 지니고 있을 터.

잉그리스가 전력을 발휘하지 않았듯 상대도 아직 많은 힘을 숨기고 있을 것이다.

"자, 이번에는 당신의……!"

실력을 보여줄 차례!

"좋아. 똑똑히 봐라……!"

대화가 잘 통하는 상대였다.

불끈! 불끈!

무공 질드그리버의 근육이 무섭게 부풀어 오르기 시작했다.

팔뚝, 다리, 허리, 가슴팍의 근육이 기존의 1.5배가량 팽창했다.

"오오……! 훌륭해요!"

겉모습 그대로 질드그리버의 힘은 차원이 다르게 상승해 있었다.

"으랴아아아압!"

콰과아아아아앙!

이번에는 잉그리스의 주먹이 충격을 당해내지 못하고 튕겨나 버렸다.

"윽?!"

잉그리스의 몸 또한 엄청난 기세로 떠밀려 날아갔다.

눈 깜짝할 사이에 훈련장의 벽이 등 뒤로 다가왔다.

하지만 벽에 충돌하기 전, 잉그리스는 기합을 넣었다.

"하아아아압!"

에테르 셸!

등 뒤의 벽이 폭발하듯 무너져 내렸다.

일부러 벽을 파괴한 것은 아니었다.

자세를 바로잡은 잉그리스가 벽을 박차고 도약한 것이다.

"오오오오?!"

뒤로 날아갔을 때보다 빠르게 돌진해 오는 잉그리스를 보고 무공 질드그리버는 눈을 동그랗게 떴다.

이미 코앞의 잉그리스는 발차기를 위한 동작에 돌입한 상태였다.

질드그리버는 곧바로 팔을 교차해 방어 자세를 취했다.

이 속도에 반응해 내다니, 과연 무공이라 할 만했다.

에테르 셸을 발동시킨 잉그리스의 움직임을 따라올 수 있는 인물은 많지 않았다. 하이랄 메나스는 물론이고 같은 고위급 하이랜더인 아크로드 이벨조차 감당하지 못할 정도였다.

콰아아아아앙!

이번에는 질드그리버가 엄청난 기세로 날아가 버렸다.

"하하하하하!"

호쾌하게 웃으며 날아가는 질드그리버.

그런데 이 와중에 그의 근육이 한층 더 부풀어 올랐다.

불끈! 불끈!

"후후후……!"

잉그리스도 그 모습을 보고 무심코 웃음을 흘렸다.

아직도 전력이 아니었다. 더욱더 즐길 수 있다!

콰콰아아앙!

이번에는 질드그리버가 벽을 부수며 도약했다.

돌진해 오는 그의 속도는 뒤로 날아갔을 때보다 빨랐다. 아까의 잉그리스처럼.

"으랴아아아아아!"

"하아아아아아압!"

통나무 같은 무공 질드그리버의 발차기와, 작은 나뭇가지 같은 잉그리스의 발차기가 교차하며 거대한 충격파를 발생시켰다.

"꺄악?!"

충격파에 휩쓸린 라피니아가 벌러덩 넘어지고 말았다.

훈련장의 벽이 흔들리고, 주변의 약한 나뭇가지들이 부러졌다.

여기서 끝이 아니었다. 자세를 바로잡은 두 사람의 격렬한 난타전이 훈련장과 성 전체를 뒤흔들기 시작했다.

"……호각이야!"

에리스가 라피니아를 부축해 일으키며 말했다. 그녀의 머리카락은 충격파로 이리저리 흔들리고 있었다.

"빨라서 거의 보이질 않아요……!"

"안심해. 나도 비슷한 처지니까……. 가까스로 보이기는 하지만 따라잡을 자신은 없어. 다만, 저 아이가 하이랜더의 대공과도 호각으로 싸울 수 있다면……."

세상을 바꿀 수 있을지도 모른다고 에리스는 생각했다.

잉그리스에게는 아직 하이랄 메나스라는 비장의 수단이 남아 있있다.

하이랄 메나스를 사용해 증폭되는 힘은 차원이 다르다.

잉그리스는 지금도 충분히 강하지만, 그런데도 비교가 안 될 정도였다.

무공 질드그리버도 아직 전력을 발휘하지는 않았을 것이다. 하지만 잉그리스가 당해내지 못할 것이라는 생각은 들지 않았다.

그렇다면…….

잉그리스가 최고위 하이랜더조차 쓰러트릴 수 있다면.

에리스가 생각하던 이 세계의 모습은, 지상의 사람들이 착취당하면서도 하이랜드에 종속되어 살아갈 수밖에 없는 이 세계의 모습은 잘못된 것일지도 몰랐다.

잉그리스는 성기사와 다르다.

하이랄 메나스를 사용해도 목숨을 잃지 않는다.

그 힘이 하늘로 향하는 것도 불가능한 일은 아닐 것이다.

"호각으로 싸울 수 있으면…… 뭔가 좋은 일이 있나요?"

라피니아가 이어질 에리스의 말을 기다리고 있었다.

하지만 하이랜드와도 붙어볼 만하겠다는 말을 입 밖에 꺼낼 수는 없었다.

"아니야. 염원하던 강적과 싸우게 돼서 잘됐구나 하고."

에리스가 유미르에 온 것은 순전히 임무 때문이었지만, 결과적으로 이 싸움을 보게 되어 다행이라는 생각이 들었다.

'최강의 전력'이라는 측면에서 보자면 지상과 하이랜더의 차이는 의외로 크지 않았다. 아니, 오히려 이쪽이 더 강할지도 몰랐다.

이것은 무척 커다란 발견이었다.

세오도어 특사가 속한 삼대공파는 카랄리아에 우호적인 편이라 경계할 필요는 없지만, 그래도 알아둬서 손해 볼 건 없었다.

"잘되긴 뭐가 잘돼요! 이대로라면 성이 무너질 거라구요!"

"아하하…… 그건 그렇네."

"허허허. 모든 피해는 저희가 보상해 드릴 테니 용서해주시길. 무공님께서 저렇게 즐거워하시는 모습을 보는 게 몇십 년 만인지 모르겠군요. 그러니 부디 마음껏 전투를 즐기시도록 배려 바랍니다."

카랄드의 말대로 질드그리버는 주먹을 탄막처럼 퍼부으며 웃어젖혔다.

"하하하하하핫! 제법이구나, 꼬맹아! 이름이 뭐라고 했지?"

"잉그리스 유크스라고 합니다."

잉그리스도 무수한 주먹으로 반격하며 대답했다.

"그래! 나는 질드그리버! 하이랜더다! 다들 삼대공이니, 무공이니 하며 추켜세우지만 싸우지 않는 하이랜드의 무력 담당 따위, 밥만 축내는 식충이에 불과하지! 덕분에 수행에 전념할 수는 있었다만, 가끔은 실전에서 수행의 성과를 확인해 보고 싶단 말이지! 그래서 방해를 좀 했다! 미안하게 됐군!"

"방해라니, 당치도 않은 말씀을! 방금도 말씀드렸듯이 정말로 잘 찾아오셨습니다!"

"핫하하! 좋은데! 너와는 대화가 통할 것 같다, 잉그리스! 역시 하이랄 메나스로 프리즈마를 쓰러트린 괴물 녀석은 머릿속도 정상이 아니군! 안 그러냐……?! 하이랄 메나스를 휘두르고 살아남은 것부터가 이상하잖아……! 게다가 설마 이런 어린애일 줄이야. 겉모습까지 정상이 아니야!"

"겉모습은 사연이 있지만, 완전히 틀린 말은 아니네요!"

"너를 쓰러트리면 나도 프리즈마를 뛰어넘었다는 뜻이겠지! 너 같은 녀석이 있어서 다행이다!"

"본인이 프리즈마에 도전할 생각은 없으신 건가요?"

"그러고 싶은 마음은 굴뚝같다만, 내가 하이랜더다 보니 가까이 다가갈 수가 없거든. 마석수로 변하면 곤란하잖아?"

"아아, 그렇군요……!"

"다른 하이랜더한테 싸움을 걸 수도 없고 말이지! 너 같은 녀석이 나타나기만을 기다렸다고, 나는! 태어나 줘서 고맙다!"

"제가 드릴 말씀이에요!"

콰과아아아아앙!

지금껏 없었던 최대 규모의 충격파가 다시 한번 라피니아를 넘어트렸다.

보다 못한 에리스가 넘어진 라피니아를 안아 들었다.

"정체를 모르겠군! 이렇게 작은 몸으로 나와 난타전을 벌이는데 마나도 기프트도 느껴지지 않는다니! 몸이 빛나는 걸 봐서 뭔가가 있기는 한데 그게 뭔지를 모르겠어! 하지만 그래서 재미있다! 하하하하하!"

잉그리스의 에테르 셸을 두고 하는 말이었다. 질드그리버는 에테르를 감지하지 못하는 모양이었다.

하지만 의문을 느끼는 건 잉그리스 역시 마찬가지였다.

질드그리버에게서는 어떠한 마법적 기운도 느껴지지 않았다.

아크로드 이벨의 경우, 마나 리파인이라는 기술로 고출력의 마법을 구사해 싸웠다.

다른 하이랜더들도 마법을 사용해 전투를 치렀다.

하이랜더는 지상인들보다 훨씬 방대한 마나를 보유하고 있다.

그래서 마인무구 없이도 마법을 구사하는 게 가능했다.

하지만 질드그리버에게서는 마나가 느껴지지 않았다.

아무리 대여섯 살의 몸이 되었다 한들, 잉그리스는 반인반신인 디바인 나이트다.

심지어 에테르 셸을 발동시켜 신체 능력을 큰 폭으로 끌어올린 상태다.

그런데 질드그리버는 잉그리스와 대등하게 치고받고 있었다.

아무런 마법적 현상 없이.

즉, 엄청나게 강인한 육체를 지닌 것으로밖에 보이지 않았다.

만약 사실이라면 경이롭다 할 만했다.

하지만 그게 가능하긴 한 걸까?

그 신룡 후페일베인조차 드래곤 로어를 구사하지 않으면 잉그리스의 상대가 되지 못했다.

"후후훗……. 제게도 당신이 마법의 도움 없이 육체의 힘만으로 싸우고 있는 것처럼 보이는걸요……! 재밌네요……!"

"흥, 기대해 봤자 별거 없어! 밥 잘 먹고 열심히 수련했을 뿐이다!"

특별한 음식이나 수련법이 있다는 뜻일까?

"오오……? 그러면 저도 가능할까요?"

"호오……?! 너도 근육질 몸을 원하는 건가? 뭐, 말릴 생각은 없다만!"

"…………화, 확실히 그건 좀 난처하네요."

살짝 상상해 보았다.

무서웠다. 어려진 지금의 모습으로도, 잉그리스의 평소 모습으로도.

강해지고는 싶지만 귀여운 옷을 입지 못하게 되는 건 싫었다.

"흐음, 크리스가 저렇게 울끈불끈한 모습으로……. 음……. 하나도 안 귀여워."

"동감이야. 그 모습으로 나와 리플을 휘두른다고 생각하면, 좀……."

라피니아와 에리스도 잉그리스와 똑같은 표정을 지었다.

"허허허."

노신사 카랄드는 온화하게 웃었지만 아무런 감정도 읽을 수 없었다.

"그래도 보아하니 형태가 몇 단계로 나뉘는 듯한데……. 역시 배워보고 싶네요……."

"후후. 이런 근육 돼지가 아니면 괜찮다는 뜻이군? 나도 이게 최종 형태라고 말한 적은 없다."

"오오……?! 정말인가요?!"

"보고 싶나? 따라올 수 있을까, 잉그리스?"

"예, 부탁드립니다!"

퍼벅! 퍼벅! 퍼버벅!

대화를 나누는 도중에도 잉그리스와 질드그리버는 격렬한 난타전을 펼치고 있었다.

"좋아. 똑똑히 봐라……!"

질드그리버가 잠시 공격을 멈추고 뒤쪽으로 도약해 거리를 벌렸다.

그리고 이쪽을 바라보며 히죽 웃어 보였다.

"크크크큭…… 설마 이걸 쓰게 될 줄이야……! 고맙다! 그리고 처음부터 전력을 다하지 않았던 점 사과하마……! 이것도 내 성격이라……!"

"그 마음은 저도 이해해요. 상대의 힘을 전부 끌어내 승리하는 것……! 그것이 자신의 성장으로 이어지는 싸움법이죠. 상대방이 힘을 발휘하기도 전에 전력으로 꺾어버리면 성장은커녕 흥만 식어버리죠. 그러니 단계적으로 천천히 실력을 발휘할 필요가 있어요. 어떤 싸움에서도 자기 자신의 성장을 도모해야 하니까요."

잉그리스가 웃으며 설명하자 질드그리버는 바로 그거라는 듯이 환한 표정을 지었다.

"넌 나냐?! 그거야, 그 말대로다! 역시 넌 대화가 통하는 녀석이야! 이렇게 즐거운 게 도대체 몇십 년 만이지?! 하하하하하! 좋아, 그럼 간다! 잘 보고 있어라! 우오오오오오오오!"

불끈! 콰직, 콰직, 콰직!

질드그리버의 근육이 단숨에 부풀어 오르는가 싶더니, 꿈틀거리며 팔다리를 휘감듯 수축하기 시작했다.

그러다 다시 부풀고, 또다시 휘감기듯 수축했다.

목과 팔, 팔과 배, 다리와 발. 전신의 근육이 기괴하게 요동쳤다.

특히 등근육의 움직임이 두드러졌는데, 융기한 근육이 뒤틀려 뼈처럼 단단해졌다.

그렇게 단단해진 근육은 또다시 뒤틀리고 길어져 여러 개의 뼈대를 형성해 나갔다.

마지막으로 얇은 피막이 돋아나 뼈대와 뼈대를 뒤덮었다.

"……날개……?!"

그렇게밖에 표현할 말이 없었다.

근육이 수축하여 날개 형태를 이루다니. 비상식적인 몸이었다.

하이랜더에게 지상의 상식을 들이대는 것 자체가 잘못일지도 모르지만.

"무척 편리한 몸을 가지고 계시는군요."

"가하하하핫! 진심으로 육체를 단련하면 날개도 돋아나고 그러는 법이지!"

억지도 이런 억지가 없었다. 하지만 그래서 흥미로웠다.

"후후후……. 재밌는 말씀을 하시네요. 솔직히 따라하기는 어려울 것 같지만요."

어찌 됐든 질드그리버의 근육은 극도로 압축되었고, 날개를 제외하면 덩치는 오히려 줄어들었다. 그가 사전에 말했던 대로였다.

날개와 마찬가지로 단단하게 경화된 근육은 마치 갑옷처럼 질드그리버의 표피를 뒤덮고 있었다.

또한 질드그리버가 내뿜는 박력과 위압감도 한층 강렬해졌다.

마나나 에테르처럼 뚜렷하게 존재하는 힘은 아니지만.

"뭐, 우리 조상님한테 날개라도 있던 게 아닐까? 육체를 열심히 단련한 끝에 퇴화했던 기관이 활성화된 걸지도 모르지. 솔직히 하이랜더는 뛰어난 기술력 때문에 운동 부족에 시달리는 종족이거든……! 사용하지 않는 기관은 퇴화하는 법이지……!"

"그렇군요……. 플라이 기어 포트나 플라이 기어 같은 편리한 이동 수단이 있다면 굳이 자신의 날개를 사용할 필요도 없겠죠. 직접 움직이면 피곤하니까요."

"더 편리한 수단도 있긴 하다만, 뭐, 네 말대로다……! 그러면 시작해 보자고, 잉그리스……! 이 모습을 보는 건 네가 처음이다……! 크크크큭, 실은 얼마나 강한지 나도 잘 모르거든! 미안하지만 실험대가 되어줘야겠어……!"

"미안해하실 거 없어요. 기꺼이 되어드리죠!"

"고맙다! 그럼 간다!"

"네!"

"잠깐 기다려어어어어!"

불현듯 누군가가 비명에 가깝게 외쳤다. 라피니아였다.

""응?""

잉그리스와 질드그리버는 어리둥절한 얼굴로 라피니아를 쳐다보았다.

"이 이상 여기서 싸우면 성이 무너져 버려! 그러니까 마을 밖으로 나가서 싸워줘……!"

훈련장의 벽은 발판으로 사용되는 바람에 두 군데나 파괴되어 있었고, 다른 곳도 두 사람이 만들어낸 충격파로 여기저기 균열이 간 상태였다.

발밑의 돌바닥도 심각하게 훼손되어 있었다.

가장 큰 파괴의 흔적은 질드그리버가 하늘에서 뛰어내리며 생긴 구덩이였다.

"오……! 그래, 그렇군. 엄한 성을 무너트릴 수는 없지. 여기에 타라! 마을 밖으로 가자!"

질드그리버가 몸을 숙이며 자신의 목덜미에 타라는 제스처를 취했다.

모처럼 제안해 줬으니 타기로 했다.

"그럼 실례하겠습니다. 무공 질드그리버 님."

잉그리스가 질드그리버의 오른쪽 어깨에 폴짝 올라탔다.

"핫하하! 길어서 부르기 힘들지? 싸우다가 혀를 깨물면 큰일이니 적당히 줄이도록 해. 무공이든, 지르든, 지르 형님이든 아무거나 좋으니까!"

"알겠습니다. 지르 님 말씀대로 할게요."

잉그리스가 미소 지으며 대답했다.

정말이지, 최고위 하이랜더라는 신분에 어울리지 않는 호탕한 성격의 소유자였다.

이건 지도자라기보다는 전사, 또는 무도가에 가까웠다.

아마도 정치 쪽은 기공과 법공이라는 다른 두 대공이 맡고 있을 것이다.

그래서 무공 질드그리버는 유사시에 대비해 자신의 힘을 갈고
닦는 무인으로 남아있을 수 있던 것이다.

하이랜드의 정점, 즉, 국왕에 가까운 입장이면서도 그렇게 할
수 있다는 것이 부러웠다.

전생의 잉그리스 왕은 나라를 통치하느라 실력을 갈고닦을 시
간이 없었다.

만약 잉그리스 왕이 질드그리버처럼 살았다면 여한 없이 눈을
감았을 것이다.

하지만 그러지 않길 잘했다는 생각도 들었다.

그대로 만족해 버렸다면 잉그리스 유크스로 다시 태어나지 못
했을 테니까.

귀여운 라피니아와도 만나지 못했을 것이다.

거울에 비친 자신의 아름다운 모습을 감상하지도 못했을 것
이다.

너무나 안타까운 일이다.

처음에는 여성으로 태어나 당황했지만, 막상 살아보니 즐거
웠다.

게다가 질드그리버도 모든 게 만족스러워 보이지는 않았다. 유
사시에 대비해 수행하고 있으나, 정작 그 유사시가 발생하지 않
아서 좀처럼 싸울 기회가 없는 듯했다.

현재 지상의 인간들은 마석수의 위협과 하이랜드의 압제에 고
통받으며 살고 있다.

하지만 하이랜드의 입장에서 보면 반대였다. 이들이 보기에 이 세상은 딱히 커다란 위협도, 분쟁도 없는 평화로운 상태다. 물자도 지상에서 안정적으로 공급받고 있었다.

잉그리스가 원하는 것은 실전 기회가 많은 위험한 생활이었다. 역시 일개 병사로서 항상 최전선에 서는 것이 제일이었다.

지금 맡은 근위기사단장직도 언젠가는 반납할 생각이다.

"단단히 붙잡아! 떨어지면 안 된다!"

주변의 경치가 확 바뀌었다.

훈련장과 유미르의 모습이 눈 깜짝할 사이에 뒤쪽으로 멀어져 갔다.

어느새 주변의 풍경은 둥근 포물선을 그리고 있었다. 유미르 외곽의 초원 지대였다.

터무니없는 속도였다.

마치 디바인 워크로 순간이동을 한 것 같았지만, 실상은 전혀 달랐다.

휘우우우우우우웅!

뒤늦게 찾아오는 강풍과 굉음.

훈련장과 마을, 유미르 외곽의 방벽이 강렬한 충격파로 반파되고 말았다.

"……이런. 너무 빨랐나? 실수하고 말았군! 가하하하핫!"

"……방금 건 지르 님 잘못이니 라니가 화내면 책임지세요. 라니는 화나면 무섭거든요. 아까 저희를 말렸던 아이에요."

"그, 그러냐……? 네가 무서워할 정도라니 대단한걸……."

"네. 저는 라니한테 거스를 수 없거든요."

그만큼 라피니아가 귀엽기 때문이었다.

귀여운 건 정의라는 말도 있듯이.

심지어 현재 라피니아는 다섯 살 무렵의 그리운 모습으로 돌아가 있었다.

잉그리스의 기억이 귀여움을 자극해서 평소보다 더 라피니아의 말을 들어주고 싶었다.

"자, 그러면 이곳에서 마음껏 싸워 볼까요……!"

잉그리스는 질드그리버의 등에서 뛰어내려 작은 몸으로 전투 준비를 갖추었다.

"드래곤 로어……!"

잉그리스의 몸에서 희고 반투명한 기운이 흘러나왔다. 드래곤 로어는 잉그리스의 체구에 맞춰 어린아이의 팔 모양을 형성했다. 잉그리스가 원을 그리듯 두 팔을 움직이자, 반투명한 팔도 한 박자 늦게 잉그리스의 움직임을 뒤따랐다.

마치 네 개의 팔이 달린 듯했다. 하지만 이대로는 부족했다.

"음……!"

정신 집중을 한 잉그리스는 드래곤 로어의 움직임을 가속하여 자신의 팔과 완전히 일치되도록 만들었다.

네 개였던 팔이 방어막을 두른 두 개의 팔로 변했다.

잉그리스가 신룡 후페일베인에게서 얻은 드래곤 로어는 자신의 육체와 무기를 모방하여 후속 공격을 하게 만드는 힘이었다.

예를 들어, 드래곤 로어를 발동시킨 뒤 검으로 난무를 펼치면 공격 횟수가 두 배로 늘어나는 것이다.

하지만 지금 잉그리스는 고의적으로 드래곤 로어의 움직임을 완전히 일치시켰다.

이렇게 하면 공격 횟수는 줄어들겠지만, 한 방 한 방의 위력을 상승시킬 수 있었다.

이것도 드래곤 로어를 다루는 법을 연마한 결과였다.

드래곤 로어는 에테르에 비해 제어가 쉬운 편이었고, 덕분에 이처럼 응용이 가능해졌다.

다만, 이 기술은 단순히 공격의 위력을 높이기 위한 것만은 아니었다.

잉그리스는 두 손을 움켜쥐고 허공에 일렬로 정렬했다. 마치 발도하기 직전의 자세처럼 보였다.

잠시 후, 잉그리스는 칼집에서 검을 뽑아내는 듯한 동작을 취하며 얼음의 검을 만들어냈다.

"하아아앗!"

크오오오오……!

잉그리스의 자그만 손아귀 안에 얼음의 검이 쥐어졌다. 하지만 이전에 만들어냈던 검들과는 명백하게 달랐다.

차가운 얼음의 청명한 소리 대신 사나운 용의 울음소리가 들려온 것이다.

겉모습도 이전과 달리 용의 이빨과 발톱을 본뜨고 있었다.

마법이 발동되는 순간, 잉그리스는 마나에 드래곤 로어를 흘려 넣어 변이를 일으켰다.

마법에 드래곤 로어가 섞였으니 용마법이라고 부르면 되지 않을까.

최근 한 달간의 성과였다.

"훈련의 성과……! 실전을 통해서 확인해 보겠습니다!"

"그래, 얼마든지 확인해 봐라! 피차 마찬가지니까……!"

처음 잉그리스에게 영감을 준 것은 용의 소재를 사용한 마인무구였다. 라파엘과 칼리아스 국왕이 소유한 드래곤 팽과 드래곤 클로는 아무리 봐도 마법과 드래곤 로어가 혼재된 것처럼 보였기 때문이다.

이 마인무구들은 다른 마인무구들에 비해 월등히 강했다. 비록 하이랄 메나스에는 미치지 못하지만, 상급을 뛰어넘은 최상급이라고 표현해도 과언이 아닐 정도의 성능을 자랑했다.

그렇기에 잉그리스도 마법과 드래곤 로어를 합칠 수 있지 않을까 하는 생각에 도달하게 된 것이다.

레오네와 리제롯테의 마인무구에 드래곤 로어가 침투하여 변이한 실제 사례도 있었다.

마법에 드래곤 로어를 융합하여 만든 얼음의 검. 빙룡검이라고 부르면 되지 않을까.

"간다아아앗! 으랴아아아아!"

질드그리버는 자세를 낮추며 잉그리스에게 장타를 날렸다.

둘 사이의 거리가 한참 떨어져 있는데도 불구하고.

하지만 그의 의도는 곧 밝혀졌다.

콰과아아아앙!

무시무시한 속도로 내지른 장타는 공기를 밀어내 극도로 압축된 기압탄을 발생시켰다.

심지어 기압탄은 주변의 다른 공기들과 마찰하며 붉은 화염을 둘렀다. 그 결과물은 초고속으로 날아오는 손바닥 모양의 붉은 충격파였다.

"훌륭해요!"

손바닥을 내지르는 것만으로도 이런 현상을 일으키다니!

이 공격은 반드시 받아내 보고 싶었다.

잉그리스는 오른손의 빙룡검으로 붉은 충격파를 후려쳤다.

"큭?!"

무거웠다. 이대로라면 팔이 튕겨나 버릴 것 같았다.

잉그리스는 곧바로 왼손을 가져와 양손으로 검을 움켜쥐었다.

그러자 이번에는 몸 전체가 뒤쪽으로 밀려나기 시작했다.

난폭한 소리가 초원의 풀잎들을 흔들었다. 발밑에는 기다랗게 파인 자국이 남았다.

"이 정도로 밀릴 줄은 몰랐어요……!"

하지만 좋은 점도 있었다.

잉그리스의 빙룡검이 붉은 충격파를 받아내고도 멀쩡했던 것이다.

이전에 사용하던 얼음의 검이라면 산산조각이 났을 것이다.

반면에 빙룡검은 흠집 하나 없이 견뎌내고 있었다. 강도가 차원이 달랐다.

"계속해서 간다! 크림슨 팜!"

"네! 잘 부탁드립니다!"

연속으로 잉그리스를 향해 날아오는 붉은 충격파.

"하아아아아아압!"

자세를 낮추고 다리에 단단히 힘을 주었다. 전력으로 휘두르지 않으면 검이 튕겨나 버리고 만다.

하지만 만약 계속해서 베어낸다면? 에테르 셸을 두른 빙룡검은 어디까지 버텨 줄 것인가. 이건 극도로 실전적인 부하 실험이다.

콰과과과과과과!

잉그리스는 뒤로 밀려나면서도 차례차례 날아오는 공격들을 빙룡검으로 베어나갔다.

"하나, 둘, 셋…… 열, 스물……!"

아직 빙룡검은 버티고 있었다. 균열이 몇 개 가기는 했지만, 여전히 건재했다.

"속도를 더 올려주지! 과연 일일이 셀 여유가 있을까?!"

붉은 탄막의 밀도가 한층 더 상승했다.

질드그리버의 말대로 세고 있을 여유는 없었다.

"힘들 것 같네요……! 대단해요!"

빙룡검에 난 균열의 숫자도 점점 늘어갔다.

쩌적, 쨍그랑!

질드그리버의 공격을 백여 번도 넘게 막아낸 빙룡검은 결국 버티지 못하고 부서져 버렸다.

그래도 이 정도면 충분한 성능이다.

신룡 후페일베인의 비늘로 만든 용린검에는 미치지 못하지만, 예전에 사용하던 얼음의 검보다는 훨씬 쓸만했다. 용마법의 첫 실전은 훌륭하게 막을 내렸다.

"검이 부서졌군! 이제 어떻게 받아낼 거지?!"

"공격에 나서야죠!"

에테르 스트라이크!

쿠고오오오오오오오오!

크림슨 팜을 소멸시키며 질드그리버를 향해 날아가는 에테르 덩어리.

"오오오오오?! 재밌군! 역시 실전은 이래야지!"

질드그리버는 에테르 스트라이크를 받아내기 위해 공격을 멈추었다.

"으랴아아아아아!"

가슴을 펼치고 온몸으로 공격을 받아내는 질드그리버.

뒤로 밀려나는가 했지만, 그것도 잠시.

"받아라아앗!"

기어이 에테르 스트라이크를 막아내고는 잉그리스를 향해 도로 쳐내기까지 했다.

쿠오오오오오오오오!

에테르 스트라이크는 질드그리버의 완력이 더해져 잉그리스가 발사했을 때보다도 더욱 강해져 있었다.

"앗?! 상식과는 거리가 먼 분이시군요……! 하지만……!"

잉그리스는 에테르 셸의 성질을 변환시켰다.

방금 발사한 에테르 스트라이크와 반대가 되도록.

이 에테르를 두른 손바닥으로 에테르 스트라이크를 되받아치는 것이다.

에테르의 변환을 제외하면 에테르 브레이커와 동일한 방식이었다.

"저도 할 수 있어요!"

잉그리스는 드래곤 로어까지 겸비한 주먹으로 에테르 스트라이크를 후려쳤다.

깔끔하게 방향을 되돌려 질드그리버에게 날아가는 에테르 스트라이크.

"뭣이?! 되받아쳤다 이건가! 터무니없는 꼬맹이로군! 제법인데! 가하하하하핫!"

질드그리버는 큰 소리로 웃으며 재차 공격을 받아낼 준비를 했다.

그런데 이번에는 정면이 아니라 약간 비스듬한 자세를 취했다.

이윽고 에테르 스트라이크와 질드그리버가 격돌했지만, 정면이 아니었기에 그의 몸이 옆으로 미끄러졌다.

"어······?!"

잉그리스가 의아하게 여긴 그 순간, 질드그리버의 날개가 힘차게 펄럭였다.

그리고 그의 몸이 에테르 스트라이크와 함께 회전하기 시작했다.

날개의 근력을 이용하여 에테르 스트라이크의 추진력을 회전력으로 바꿔버린 것이다.

"······?!"

"으그그으으으윽!"

날개의 추진력까지 더해져 질드그리버의 몸은 엄청난 속도로 회전했다.

에테르 스트라이크 역시 마찬가지였다.

회전이 너무나도 빠른 나머지 거대한 회오리 바람이 일어나 질드그리버의 모습을 감추었다.

"후후후······ 이해했습니다."

모습은 보이지 않아도 그의 의도는 간파할 수 있었다.

그래서 그 순간까지 자세를 단단히 굳히고 기다렸다.

"이게 내 전력 투구다! 으랴아아아아아압!"

바우우우우우웅!

초고속 회전을 통해 내던져진 에테르 스트라이크는 잉그리스가 들어본 적 없는 파공음을 발하며 순식간에 코앞으로 들이닥쳤다.

예상대로, 아니, 기대했던 대로였다.

지금껏 에테르 스트라이크를 상쇄시킨 상대라면 몇 명쯤 있었지만, 이렇게 엄청난 속도로 되받아친 상대는 한 명도 없었다.

프리즈마조차 이런 묘기를 보여주진 못했다.

적으로서 부족함이 없었다.

"왔군요! 하아아아아아아압!"

가볍게 도약한 잉그리스는 몸을 크게 비틀어 발차기를 날렸다.

평소보다 다리가 짧아진 상태이기는 했지만, 에테르 셸에 드래곤 로어까지 두른 잉그리스의 발차기는 역대 최고의 위력을 품고 있었다.

애초에 발차기는 펀치보다 몇 배는 강력한 기술이다.

그리고 마침내 잉그리스의 발차기는 질드그리버가 되받아친 에테르 스트라이크에 작렬……하지 못했다.

콰과과과!

발차기가 튕겨나며 잉그리스의 자세가 흐트러졌다.

"윽……!"

결국 잉그리스는 뒤쪽으로 튕겨나 버리고 말았다.

"핫핫하! 봤느냐! 힘이야말로 정의! 흘려왔던 땀방울은 나를 배신하지 않는다! 하하하하하!"

팔뚝에 알통을 만들어 보이며 큰 소리로 웃어젖히는 질드그리버.

"맞는 말이에요! 아하하하!"

잉그리스도 웃고 있었다. 너무나도 즐거워서 웃음이 멈추질 않았다.

발차기가 튕겨나 버릴 정도의 위력으로 에테르 스트라이크를 되받아치다니. 너무 훌륭해서 흠잡을 곳이 없었다.

"하지만……!"

패배를 인정할 수는 없었다.

잉그리스는 에테르의 파장을 원래대로 되돌렸다.

그리고 자신을 추격해 오는 에테르 스트라이크를 향해 비스듬히 도약했다.

그렇게 에테르 스트라이크의 옆을 스쳐 지나가며 펀치를 날렸다.

에테르 스트라이크와 동일한 파장의 에테르로 공격을 가한 것이다.

즉, 에테르 브레이커를 구사한 셈이었다.

콰과아아아아아아앙!

에테르 스트라이크가 거대한 폭발을 일으켰다.

받아칠 수 없다면 안전하게 폭발시키는 수밖에 없었다.

하지만 모처럼 구사한 에테르 브레이커를 낭비하기도 싫었다.

등 뒤에서 일어난 폭발로 급가속하며 질드그리버를 향해 돌진하는 잉그리스!

"하아아아아아아압!"

"으랴아아아아아!"

주먹과 주먹이 격돌했다.

그 위력의 여파로 바닥에 거대한 크레이터가 생겨났다.

"……정체불명의 힘에, 드래곤 로어까지 사용하다니……! 제법 인데. 엄청난 꼬맹이다, 너는!"

무공 질드그리버가 주먹을 맞댄 채로 상쾌한 미소를 지었다.

"드래곤 로어를 알고 계신가요……?"

"물론이지……! 용은 좋은 훈련 상대거든!"

"그렇군요. 이벨 님도 신룡에 대해서 잘 알고 계셨죠. 하이랜드 에는 용에 관해서 풍부한 지식을 갖추고 있나 보군요."

잉그리스는 후페일베인 이외의 신룡에 대해서는 아는 바가 없 었다. 어쩌면 세상 어딘가에 다른 신룡들이 봉인되어 있을지도 몰랐다.

혹시 봉인된 위치를 안다면 물어보고 싶었다.

용린검을 새로 장만할 수도 있을 테고, 다시 맛있는 고기도 먹 을 수 있을 것이다. 잘하면 드래곤 로어를 강화할 수 있을지도 모 른다.

"신룡이 잠들어 있는 장소를 아시면 가르쳐 주세요!"

"오히려 내가 알고 싶다고! 미안하지만 나한테 돌아오는 용 중 에 신룡 같은 거물은 없어. 하긴, 내가 신룡이 봉인된 장소를 알 았다면 파내서 해치워 버렸겠지만! 가하하핫!"

잉그리스에 대한 소문을 듣고서 일부러 찾아온 질드그리버라면 충분히 그러고도 남았으리라.

애초에 잉그리스도 후페일베인을 파내서 싸움을 걸었다.

비슷한 성격을 가진 질드그리버도 똑같은 행동을 했을 것이다.

그리고 하이랜드로서도 그런 행동을 저지를 인물에게 정보를 제공하지 않는 게 당연했다.

"즉, 신룡의 위치는 하이랜드 안에서도 기밀인가 보군요?"

"맞아……! 위치를 알더라도 멋대로 파내면 문제가 되겠지만 말이야."

"그러면 혹시 이벨 님이 신룡 후페일베인을 기신룡으로 만들어 하이랜드로 데려간 것도 문제가 되나요……?"

"녀석은 지상인이 잠자는 신룡을 습격해서 어쩔 수 없이 보호 했다고 둘러대더군. 뭐, 우리한테 빚 하나 진 셈이지……!"

"그렇군요. 완전히 틀린 말은 아니지만요…….."

후페일베인을 파내기 위해 릭클레어를 흔적도 없이 파괴한 것 은 이벨과 하이랄 메나스 티파니에의 소행이었지만.

"너, 그 자리에 있었던 거냐? 혹시 잠자는 신룡을 습격한 녀석 이라는 게……?!"

"오해예요! 잠자는 신룡을 습격하다뇨! 저와 싸울 때는 멀쩡히 깨어있었어요! 서로 만전의 상태에서 대련했다고요!"

자는 동안에 꼬리를 잘라낸 것은 싸움이 아니라 식재료 조달이 었다.

싸움은 정면에서 정정당당하게 했다. 그러지 않으면 의미가 없으니까.

"음……! 그럼 됐고! 제 실력도 발휘하지 못하는 상대와 싸워놓고 이기면 장땡이라는 식으로 정신 승리를 하는 건 질색이다……!"

"제 말이요! 그러니 이벨 님의 발언에 정정을 요구하는 바입니다……!"

"좋아, 내가 손을 써주마! 뭐, 자잘한 부분은 법공이나 기공 녀석이 알아서 해줄 테지만! 회의에 참석할 여유가 있으면 몸이나 단련하라고 하더군!"

"후후……. 지르 님은 멋진 환경에 계시는군요. 살짝 부럽네요."

격렬한 공방을 이어나가던 잉그리스가 문득 미소 지었다.

질드그리버는 하이랜더의 정점에 있으면서도 소년과 같이 순수했다.

그 모습이 괜히 흐뭇했던 것이다.

"하핫. 하이랜더 제일의 식충이를 앞에 두고 하는 소리가 그거라니. 역시 재밌는 녀석이야, 잉그리스……!"

"하지만 그 식충이도 언제까지 식충이로 남아있을 수는 없겠죠?"

"호오……?! 어째서 그렇게 생각하지?"

"최근 이 나라에서 일어났던 일련의 사건들은 하이랜드의 대리 전쟁에 가까운 양상을 띠고 있었어요. 카랄리아는 지르 님이 속하신 삼대공파와 긴밀한 관계를 맺으려 했어요. 그리고 이를 막고자 했던 교주 연합이 배후에서 베네픽군과 알카드군을 조종해 공격해 왔죠. 이처럼 삼대공파와 교주 연합은 대립해 왔고, 이 대립은 점차 거세져 가고 있어요. 이벨 님은 신룡 후페일베인을 기신룡으로 만들어 떠나실 때 이렇게 말씀하셨죠. 대공파로부터 교주님을 지킬 귀중한 전력이라고요. 즉, 대리 전쟁을 넘어서 두 파벌의 직접적인 충돌을 내다보고 하신 말씀이라고 생각해요. 그리고 지르 님이 이곳까지 행차하신 이유도 같은 맥락일 거예요. 물론 단순히 싸울 상대가 없었기 때문이기도 하겠지만, 여차할 때를 대비해 조금이라도 실전 감각을 익혀두시려는 게 아닌가요? 언제까지 식충이로 남아있을 수는 없다는 것을 지르 님도 피부로 느끼고 계신 게 아닌가 싶네요."

"후후후후……. 그래서 넌 어떻게 생각하지, 잉그리스?"

"하이랜더 분들의 시간 감각이 어떤지는 모르겠지만, 제가 늙어서 쇠약해지기 전에는 싸움을 시작해 주셨으면 해요! 저도 꼭 참가하고 싶거든요!"

하이랜더들 간의 본격적인 전쟁.

그것은 분명 질드그리버 같은 강자와 기신룡, 그리고 이에 필적하는 병기들로 가득 찬 멋진 전쟁이 될 것이다.

프리즈마 이상의 무언가가 튀어나올 가능성도 기대해 볼 수 있었다.

잉그리스도 꼭 그 전쟁에 참전하고 싶었다. 자신의 힘을 시험해 보고, 또 더욱 강해지기 위해서.

역시 실전만큼 훌륭한 수행은 없는 것이다.

눈을 반짝이는 잉그리스를 보면서 질드그리버는 감탄했다는 듯이 큰 소리로 웃었다.

"가하하하하핫! 정말로 마음에 들었다! 마음에 들었어, 잉그리스! 이대로 하이랜드에 데려가고 싶을 정도야!"

"그러길 원하신다면 먼저 저를 쓰러트려 주세요……!"

"오오, 그러고 보니 그런 조건이었지! 머릿속에 싸울 생각밖에 없었거든! 그러면 진심으로 승리를 쟁취해 보실까!"

질드그리버가 날카로운 표정을 지었다.

"허허허. 제가 나설 차례인가요?"

깊게 파인 크레이터 안에서 싸우고 있는 두 사람의 머리 위로 익숙한 목소리가 들려왔다.

노신사 카랄드가 웃으며 이쪽을 내려다보고 있었다.

근처에는 라파니아를 안고 있는 에리스도 있었다.

"그래, 할아범! 이 녀석한테는 그만한 가치가 있어! 발휘해도 괜찮아……! 전력을 말이지!"

"허허허! 그거 기대되는군요."

인자하게 미소 짓는 카랄드의 몸이 황금빛으로 뒤덮이기 시작했다.

빛은 점점 더 밝아지는 데 그치지 않고 카랄드의 몸을 황금색으로 물들여 나갔다.

"카랄드 씨……?!"

에리스의 품에 안겨있던 라피니아가 눈을 휘둥그레 떴다.

"저건……! 당신은 설마……?!"

에리스도 마찬가지였다.

아니, 오히려 에리스가 더 놀란 듯 보였다.

왜냐하면 카랄드에게서 자신과 비슷한 느낌을 받았기 때문이다.

"허허허. 무기화는 하이랄 메나스의 전매 특허가 아닙니다. 굳이 이름을 붙이자면 할아범 메나스라고나 할까요……."

""할아범 메나스……?!""

"호오오오오옷!"

높이 뛰어오른 노신사의 황금빛 몸이 변형되기 시작했다.

두껍고 긴 칼날. 섬세한 장식이 달려있기는 했지만, 형태 자체는 굉장히 투박했다. 한마디로 표현하면 거대한 외날 대검이었다.

심지어 그 크기는 무려 질드그리버의 세 배에 달했다. 무공이라는 호칭에 걸맞은 박력을 지닌 무기였다.

"흐읍……!"

질드그리버는 대검을 한 손으로 거머쥐고 가볍게 휘둘렀다.

어깨에 무기를 걸치기 위한 행동이었지만 의도치 않게 충격파가 발생했다.

콰과과과과과과과!

잉그리스가 서 있는 구덩이 안에 또 하나의 거대한 동굴이 만들어져 버렸다.

이윽고 동굴 위의 지표면이 붕괴하며 저 멀리까지 이어진 도랑이 되었다.

"어이쿠, 미안……! 이건 위력이 너무 강한 게 옥에 티라니까!"

한편 질드그리버의 몸에도 변화가 생겼다.

대검으로 변한 카랄드의 황금빛이 질드그리버의 몸에 침투하면서 비슷한 형태의 갑옷이 생겨난 것이다.

황금빛의 거대한 대검을 어깨에 걸친 황금빛 날개의 전사.

이것이 무공 질드그리버의 최종 형태인 듯했다.

신성하고도 강렬한 힘이 꿈틀거리는 것이 느껴졌다.

"이 힘은…… 에테르……?!"

잉그리스의 것과는 상당히 달랐다. 흑가면과도 다른 듯 보였다.

하지만 이건 틀림없이 에테르였다.

잉그리스는 여신 아리스티아의 힘을 받아서 디바인 나이트가 되었다. 하지만 질드그리버의 에테르는 그녀와 다른 종류의 신, 마신에 가까운 성질을 지니고 있었다.

여태껏 질드그리버는 마나와 에테르를 전혀 사용하지 않고 강인한 육체의 힘만으로 잉그리스를 상대했다.

하지만 노신사 카랄드와 일체화함으로써 방대한 에테르를 몸에 두르게 되었다.

지금까지와는 비교도 되지 않을 정도의 파워 업이었다. 분명했다.

이 힘에 대항하기 위한 수단은 많지 않았다.

"자, 너도 내숭은 그만 떨어라, 잉그리스……! 보여달라고. 프리즈마를 쓰러트린 힘을……!"

"후후후……. 그렇네요. 그럴 수밖에 없겠어요. 머릿수도 2대

2니까 이번에는 딱히 비겁하다고도 할 수 없겠네요……!"

잉그리스는 미소 지으며 구덩이 위쪽으로 고개를 돌렸다.

"에리스 씨, 부탁이……."

하지만 에리스의 모습이 보이지 않았다.

이미 에리스는 잉그리스가 있는 곳으로 내려와 있었던 것이다.

"부탁할 거 없어. 다 알아들었으니까. 나를 쓸 거지?"

"아, 네……. 같이 싸워주시겠어요?"

싫어할 줄 알았건만, 잉그리스가 부르기도 전에 다가오다니 의외로 적극적이었다.

평소의 에리스와는 사뭇 다른 태도였다.

"알겠어. 한번 해보자."

"……어째 에리스 씨답지 않네요."

에리스는 본인도 인정했듯 호전적인 성격이 아니었다. 쓸데없는 싸움은 웬만하면 피하려 들었다.

그나마 리플 쪽이 싸움을 즐기는 편이었다.

평소의 에리스라면 화부터 냈을 것이다.

"……설마 하이랜더의 수장과 싸우게 될 거라고는 생각지도 못했지만, 결코 헛수고는 아닐 거야. 앞으로를 위해서라도……."

그 말을 듣고 에리스가 어떤 생각을 하는지 대충 이해되었다.

비교해 보려는 것이다.

하이랜드의 최강 전력과 지상의 최강 전력을.

그 결과에 따라 하이랜드를 대하는 지상의 태도가 달라질지도 몰랐다.

지금까지와 같이 하이랜드에 예속되어야 하는지를 시험받게 되는 것이다.

단, 잉그리스가 지상의 사람들을 위해 헌신한다는 전제가 깔려 있지만.

"에리스 씨……. 저한테 너무 많은 기대를 하시면 곤란해요. 저는 세상 사람을 위해 살 생각이 없거든요."

"하지만 라피니아를 위해서는 살 거잖아? 그렇다면 똑같은 게 아닐까? 라피니아는 착한 아이인걸."

에리스가 구덩이 바깥에서 이쪽을 살피고 있는 라피니아를 쳐다보며 말했다.

"……아픈 곳을 찌르시네요."

"너희와 어울리게 된 지도 제법 오래됐으니까."

짓궂은 미소를 지어 보인 뒤, 에리스는 표정을 진지하게 바꾸었다.

"자, 시작하자. 적어도 지금은 네 마음껏 즐기도록 해……! 협력해 줄 테니까……!"

에리스가 잉그리스에게 손을 내밀었다.

"네, 알겠습니다……!"

잉그리스는 에리스가 내민 아름다운 손 위에 자신의 자그만 손을 얹었다.

그러자 그곳에서 폭발적인 빛이 뿜어져 나왔다.

황금빛의 파도 속에서 에리스의 모습이 한 쌍의 검으로 변해 갔다.

그리고 잉그리스의 양쪽 허리에 나타난 황금색의 칼집 속에 자리 잡았다.

쳐다보는 것만으로도 감탄이 흘러나올 만큼 극상의 아름다움을 지닌 무기였다.

"호오……! 훌륭한 검이군! 기품이 있다고나 할까……! 하지만 살짝 작은 게 아쉽군!"

"지르 님의 대검이 지나치게 큰 거 아닐까요……? 작다고 얕보면 곤란해요."

잉그리스는 쌍검을 뽑아 몸 앞에 교차시켰다.

"아주 기대되는군……! 그렇다면 증명해 주실까……!"

질드그리버도 어깨에 대검을 걸친 채로 비스듬히 자세를 낮추었다.

"네, 바라시는 대로."

잉그리스는 작은 보폭으로 신중하게 간격을 좁혀 나갔다.

질드그리버와 한 걸음 간격을 유지하도록 이대로 좁혀 나갈 생각이었다.

무기의 파괴력과 내구력, 그리고 속도는 직접 부딪쳐 보기 전까지는 알 수 없었다.

다만 한 가지는 확실했다. 이쪽이 공격 범위에서 압도적으로 불리하다는 점이었다.

팔 길이에서도, 칼날의 크기에서도 완패였다.

질드그리버에게 공격을 적중시키려면 최소 한 번은 상대의 공격을 막아내야 했다.

물론, 막아내기 힘든 속도로 접근해 공격을 시도해 볼 수도 있었다.

하지만 질드그리버는 에테르 셸을 전개한 잉그리스와 대등하게 싸워 온 강자였다.

따라서 속공을 해도 막힐 가능성이 컸다. 반격이라도 당하면 큰일이었다.

질드그리버나 잉그리스 모두 이해타산 없이 싸움을 즐길 줄 아는 인물들이었다.

그러니 최대한 아슬아슬한 전투를 즐기고 싶었다. 몇 번이고, 몇 번이고.

굳이 말하자면 질드그리버가 반응할 새도 없이 기습할 방법이 존재하긴 했다.

바로 디바인 워크다.

디바인 워크는 빠르다는 말로는 설명되지 않는 순간이동 기술이다. 그러니 한순간에 거리를 좁히는 것도 가능했다.

이 기술로 질드그리버의 뒤를 잡으면 반격은 불가능할 것이다.

하지만 그러고 싶지 않았다.

전력을 발휘하지도 않은 상대에게 이겨봤자 말 그대로 이긴 것에 불과했다. 극한의 무를 추구하는 잉그리스에게는 아무런 도움도 되지 않았다.

역시 여기서는 그 방법뿐!

질드그리버의 공격 범위에서 딱 한 걸음 벗어난 위치.

몸을 앞으로 굽힌 잉그리스는 바닥을 힘껏 박차고 돌진했다.

잉그리스의 작은 발이 놓여있던 바닥에 균열이 갔지만, 질드그리버의 귀에는 그 소리가 들리지 않았다.

잉그리스가 소리보다 빠르게 그의 코앞까지 도달했기 때문이다.

공격 범위가 불리하다는 사실을 이해했으면서도 정면 돌파를 시도하는 소녀.

시원스러울 정도로 대담했다.

마음에 들었다. 그냥 마음에 들었다.

잉그리스가 절세의 미녀로 성장할 것 같다느니 하는 것들은 아무래도 좋았다. 뭣하면 소년이든, 노인이든 상관없었다.

질드그리버는 잉그리스가 같은 무인으로서 마음에 들었다.

"훌륭한 배짱이다! 으랴아아아아아아!"

잉그리스의 예상대로 이쪽의 속도에 반응한 질드그리버가 거대한 대검을 내리쳤다.

질드그리버가 반응한 것은 공격 범위의 절반하고 한 걸음쯤 다다랐을 무렵.

잉그리스의 속도가 약간 더 우세했지만 오차 범위였다.

정면에서 엄습해 오는 황금색의 두꺼운 대검.

무인으로서 받아내 보고 싶어지는 것도 무리가 아니었다.

"하아아아아아압!"

잉그리스는 머리 위로 쌍검을 교차시켰다.

그리고 온 힘을 다해서 질드그리버의 일격을 막아냈다.

까가아아아아아아아아앙!

이곳뿐만이 아니라 유미르 전역에 닿을 정도의 굉음이 울려 퍼졌다.

육신이 찌부러질 듯한 충격이 잉그리스를 내리눌렀다.

잉그리스는 어떻게든 버텨냈지만 지면은 그러지 못했다.

발밑의 구덩이가 기존의 몇 배에 달하는 크기로 확대되었다.

"용케도 받아냈구나! 잉그리스!"

"칭찬해 주셔서, 영광입니다······!"

잉그리스는 자신을 찍어 누르려는 대검을 힘으로 밀어 올렸다.

조금씩이지만 대검이 뒤로 밀려나기 시작했다.

잉그리스는 쌍검을 사용하고 있지만, 상대방은 한 손으로 검을 움켜쥐고 있다.

그로 인해 발생한 힘의 차이였다.

"으그으윽?! 꼬맹이 주제에 엄청난 괴력이군······! 과연 이래도 버틸까!"

기뻐하며 양손으로 손잡이를 움켜쥐는 질드그리버.

이것으로 힘겨루기는 호각이 되었다. 그런데 그 순간.

쩌적······!

쌍검에 어렴풋이 균열이 갔다. 좌우 모두 마찬가지였다.

"에리스 씨……?!"

「으으으윽……! 나, 난 괜찮으니까 걱정 마……!」

하지만 머릿속에 울려 퍼지는 에리스의 목소리는 괴로워 보였다.

쌍검이 손상되면 에리스 본인도 고통을 느끼는 모양이었다.

만약 완전히 파괴되면 어떻게 되는 것일까.

차마 시험해 볼 엄두가 나지 않았다.

완전체가 된 프리즈마마저 간단히 베어버린 하이랄 메나스를 파손시키다니. 심지어 그 프리즈마는 인간을 흡수해 진화한 개체였다. 그만큼 질드그리버의 대검이 가진 위력은 경악할 만했다.

쩌적, 쩌저적……!

쌍검의 균열이 더욱 크게 벌어졌다.

「아으으으윽?!」

"……이런!"

이 이상 힘겨루기를 계속할 수는 없었다.

잉그리스는 둘째치더라도 에리스가 견디질 못한다.

더 이상 무리한 싸움을 강요할 수는 없었다.

다만, 이 힘겨루기에서 빠져나가기도 쉽지 않았다.

그렇다면 방법은 하나뿐.

디바인 워크!

다음 순간, 잉그리스의 모습이 사라지더니 질드그리버의 등 뒤에서 홀연히 나타났다.

표적을 잃은 대검은 호쾌하게 바닥을 때렸고, 그렇게 발생한 충격파가 한참을 전진하며 구덩이의 측면에 거대한 동굴을 만들었다.

"하아아아압!"

금단의 기술을 사용하고 말았지만, 에리스의 안전을 생각하면 다른 수가 없었다.

질드그리버의 등 뒤에 나타난 잉그리스는 곧바로 오른손의 검을 휘둘렀다.

목덜미를 베기 직전에 멈춰서 결판을 낼 생각이었다.

하지만 무공 질드그리버의 반응 속도는 잉그리스의 예상을 웃돌았다.

"이게 무슨?!"

경악하면서도 날개를 움직여 방어를 시도하는 질드그리버.

"······! 빨라······!"

목덜미 앞에서 멈추려던 잉그리스의 검이 중간에 끼어든 날개를 통째로 베어버리고 말았다.

서걱!

쌍검에 베여 바닥으로 떨어지는 질드그리버의 왼쪽 날개.

잉그리스의 공격은 날개에 막혀 목덜미까지 나아가지 못했다.

"크윽······!"

"앗······! 사, 사과드릴게요, 지르 님! 정말로 벨 생각은 없었습니다······!"

"아야야······! 아니, 신경 쓰지 마······! 이 정도는 밥 먹고 푹 자면 나으니까!"

질드그리버가 호쾌하게 흘려 넘겼다.

잉그리스도 그의 이런 면모가 상당히 흥미로웠다.

"진심으로 대련하다 보면 이런 일 정도는 일어나는 법이야. 오히려 뒤를 잡혀놓고 한쪽 날개로 끝난 게 다행이지. 그나저나 내 몸을 베다니, 장난 아니게 날카로운 검인데······! 하이랄 메나스라는 이름이 겉멋은 아니군······!"

"맞아요. 하지만······."

한 합에 에리스의 쌍검을 파손시킨 질드그리버의 대검도 무시무시했다.

만약 그 힘겨루기가 계속되었다면 완전히 파괴되고 말았을 것이다.

"에리스 씨, 괜찮으신가요······?!"

「미, 미안해······! 더는······!」

그렇게 말한 에리스는 쌍검에서 본래의 인간 모습으로 되돌아왔다.

심지어 제대로 서 있기도 힘들었는지 자리에 주저앉고 말았다.

"에리스 씨······!"

"으, 으윽······."

에리스의 팔다리 곳곳에 상처가 나있었다.

"죄송해요. 무리하게 만들어서······!"

"아, 아니야. 내가 납득해서 한 일인걸…… 윽……?!"

부축하는 과정에서 아픈 곳을 건드렸는지 에리스가 얼굴을 찡그렸다.

오른팔과 왼쪽 다리에 문제가 생긴 듯 보였다. 뼈에 이상이 생긴 것일까.

잉그리스는 이번 경험을 통해 무기로 변한 하이랄 메나스가 파손되면 인간형 육신에도 영향을 끼친다는 사실을 알게 되었다. 뼈저리게 통감했다.

"모처럼 나를 완벽하게 다루는 아이가 나타났는데, 설마 내 쪽에서 발목을 잡게 될 줄이야……. 한심한 노릇이네."

"그렇지 않아요. 오늘은 상대가 나빴을 뿐이에요. 게다가 제 싸움법도 좋지 못했고요."

어쩌다 보니 대검을 정면으로 받아내고 말았지만, 원래 쌍검은 이렇게 다루는 무기가 아니었다.

공격 속도로 적을 압도하는 무기였다.

대검을 받아낼 작정이었다면 대형 무기나 방패 같은 방어구를 이용했어야 했다.

"오늘은 이쯤 해둘까? 이 이상은 서로 위험할 것 같은데."

"네, 그렇네요."

잉그리스도 동의를 표했다. 오늘은 서로 한 대씩 주고받은 셈 치기로 했다.

"허허허. 도련님의 상처도 치료해야 하니 말이죠."

평소의 모습으로 돌아온 카랄드가 인자한 웃음을 지었다.

"난 괜찮아, 할아범. 이 정도는 아무것도 아니야."

질드그리버도 그렇게 말하며 기존의 청년 모습으로 되돌아갔다.

날개를 베인 영향인지 등 쪽에 상처가 있었다. 주변의 옷도 찢어져 있었다.

"그쪽이야말로 괜찮은 거냐? 미안하다, 나도 모르게 뜨거워지고 말았어."

질드그리버가 에리스를 걱정해 주듯 물었다.

"아, 네……. 저는 괜찮습니다."

"돌아가서 쉬도록 해요, 에리스 씨."

잉그리스가 에리스를 번쩍 안아 들었다.

"이봐, 할아범. 저 녀석도 자고 나면 낫는 거야? 검에 금이 갔던데……."

"허허허. 글쎄요. 어느 정도는 자연 치유가 가능하겠지만 무기 부분에 문제가 생겼다면 저희 뤼스퉁에서 수리하기는 힘들 것 같군요. 아마도 기공님께 부탁드려야 할 겁니다. 하이랄 메나스는 기공님의 분야니까요."

"흠……. 이봐, 잉그리스."

"네, 지르 님."

"기공 녀석한테 부탁해 둘 테니, 만약 이상이 생기면 녀석한테 봐달라고 해. 특사를 통해서 연락 가능하게 해둘 테니까."

"고맙습니다! 지르 님……!"

"뭐, 굳이 내 부탁이 없어도 문제없겠지만."

"그건 무슨 뜻인가요?"

"응? 몰랐어? 너희 나라…… 카랄리아였던가? 그곳의 특사인 세오도어는 기공의 아들이야. 녀석의 부탁이라면 웬만한 건 들어 주겠지."

"네……?! 그랬던 건가요……?!"

"나, 나도 몰랐어……!"

에리스도 몰랐다면 극히 일부의 인간에게만 알려진 사실일 것이다.

예를 들면 개인적으로 친분이 있는 웨인 왕자나 밀리에라 교장, 또는 칼리아스 국왕 정도일까.

하기야 고위급 하이랜더라는 사실이 알려지면 문제가 생길지도 몰랐다. 혈철쇄 여단에도 좋은 표적일 것이다.

그러니 일부러 밝히지 않았더라도 충분히 납득이 가능했다.

세오도어 특사는 하이랜드의 특사치고는 상당히 대담하게 지상을 펀드는 행보를 보이고 있었다. 이는 그가 하이랜드의 권력을 등에 업고 있기에 가능했던 걸지도 몰랐다.

대공파의 정점인 삼대공 중 하나를 부모로 둔 하이랜더. 지상으로 비유하면 왕족이나 마찬가지였다. 웨인 왕자와 비슷한 입장인 것이다.

이전에 이벨은 하이랜드의 특사를 두고 외교를 담당하는 일개 심부름꾼이라고 언급한 적이 있었다. 권력을 가진 하이랜더가 특사 노릇이나 하고 있다는 비아냥이었을까.

세오도어의 여동생인 세이린도 지상으로 내려와 영주가 되었다. 기공의 핏줄은 다들 이렇게 무모한 성격인 걸지도 몰랐다.

게다가 세이린이 그만큼 대단한 하이랜더였다면 노바 마을의 사건이 하이랜드 측에서 어떤 문제로 발전하지는 않았을까?

"지르 님……! 예전에 세오도어 특사의 여동생인 세이린 님이 지상에서 불의의 사고를 당하셨는데……. 혹시 그 일이 하이랜드 측에서 문제가 되지는 않았나요……?"

"아아, 그거 말이지. 됐고말고. 기공 녀석이 엄청나게 화를 냈어. 기공의 딸을 지상으로 내려보낸 건 우리가 아니라 교주련 녀석들이거든. 우리는 이미 뮨테라는 녀석을 특사로 내려보낸 상태라서 못 가게 말렸지만, 교주련 녀석들이 억지로 자리를 만들었지. 그랬다가 결국 그 사달이 났으니, 교주련 때문에 딸을 잃었다면서 길길이 날뛰었지."

"그래서 대공파와 교주련의 대립이 격화된 건가요……?"

"아니, 그것뿐만은 아니야. 당시 일은 어디까지나 작은 해프닝에 불과해. 하지만 기공 녀석한테는 커다란 사건이었겠지."

"……그렇군요."

하이랜드 측의 사정은 좀처럼 파악할 방법이 없었기에 꽤나 흥미로웠다.

"허허허. 도련님, 너무 떠드시면 기공님과 법공님께 혼나실지도 모릅니다."

"핫핫하! 그래, 말이 너무 많았군. 뭐, 미래의 와이프한테 하는 소리니까 봐달라고."

""와, 와이프……?!""

"원래부터 혼인 상대를 모집 중이었잖아. 안 그래?"

"마, 맞아요……."

"뭐, 그 모습으로는 아직 이르다고 생각하지만, 본인만 괜찮다면 내가 입후보해도 상관없잖아."

"그, 그렇긴 하지만…… 여기에는 사정이 있어서요."

"나는 네가 마음에 들었다, 잉그리스! 힘도, 사고방식도 말이지……! 남자라면 심복으로 들였겠지만, 여자니까 부인으로 삼고 싶다!"

"하, 하지만 지르 님. 저는 그럴 생각이……."

애초에 잉그리스는 결혼할 생각이 없었다.

그 부분이 가장 큰 문제였다.

"무시무시한 닮은 꼴 부부 탄생이네……."

에리스가 질색하며 감상을 늘어놓았다.

"그래, 그거다! 말 잘했어, 하이랄 메나스 아가씨!"

질드그리버가 큼지막하게 고개를 끄덕이며 말했다.

"잉그리스…… 너도 이런 생각을 해봤겠지? 싸울 상대가 없어! 더욱더 강한 녀석 눈앞에 나타나 줬으면 좋겠어……!"

"뭐…… 그렇죠."

"나와 네가 부부가 된다면 언제든지 싸울 수 있다……! 즉, 강력한 대련 상대가 영구적으로 확보된다는 뜻이지!"

"……!"

"심지어 아이를 낳았다고 생각해 봐라! 너와 나의 재능을 물려받은 아이라면 우리와 호각은 기본! 경우에 따라서는 우리를 뛰어넘을지도 몰라……! 최고의 훈련 상대가 탄생하는 거지!"

"윽……! 그건…… 나쁘지 않을지도……!"

"나는 너를 보고서 깨달았어, 잉그리스……! 앞으로는 강적을 찾아 나설 필요가 없다고! 늘리면 되니까! 나와 너라면 충분히 가능하다고 생각하지 않냐?!"

"드, 듣고 보니……!"

딱히 불가능한 이야기는 생각이 들었다. 엄청난 설득력이다.

아이를 만들어 수행 상대로 삼는다는 발상은 여태껏 해본 적이 없었다.

하지만 그 과정에는 여러 가지로 문제가 많았다.

먼저 아이를 만든다는 행위가 반드시 필요했다. 잉그리스는 그 난관을 극복할 자신이 없었다.

모든 과정을 생략하고 아이를 탄생시키는 엄청난 기술이 존재한다면 이야기는 별개지만.

하이 에테르라면 가능하지 않을까?

만약 가능하더라도 현재 잉그리스의 능력으로는 도저히 무리였다.

"하지만! 그 전에 해야만 하는 일이 있지……!"

"네?"

"바로 네게 이기는 거다……! 너한테 이긴 사람을 신랑으로 맞이하겠다는 조건이었지? 오늘은 무승부다. 네가 아이를 낳을 만한 나이가 되었을 무렵에는 압승할 수 있도록 단단히 수련해 주마. 목을 씻고 기다리고 있어라!"

질드그리버가 시원스럽게 웃으며 말했다.

"후훗…… 여성에게 구혼하는 사람의 대사가 아니네요."

하지만 싫지는 않았다. 오히려 기대되었다.

"그래? 하지만 너한테는 이게 어울리잖아."

"맞아요. 후후후……. 그러면 기다려 드리죠. 저도 지지 않을 거예요."

패배하면 결혼하게 되는 강적과의 전투.

이것도 나쁘지 않았다. 결국 이기기만 하면 되는 것이다.

처음부터 질 생각으로 싸우는 인간은 없다.

"좋아, 그러면 이만 돌아가자고, 할아범!"

"에리스 씨, 저희도 성으로 돌아가서 쉬도록 해요."

잉그리스와 질드그리버는 구덩이 밖으로 뛰어올랐다. 눈앞에는 유미르의 주민들이 거주하는 마을이 보였다. 다소 파손되긴 했지만 무사한 듯했다.

""응……?""

그런데 뭔가 위화감이 들었다.

유미르의 주민들이 거주하는 마을이 '보였던' 것이다.

이상했다.

유미르는 사방이 방벽으로 둘러싸인 성새 도시였다.

즉, 원래대로라면 눈앞에는 방벽이 세워져 있어야 했다.

다행인지 불행인지 나머지 3면의 방벽은 여전히 건재했다.

아무래도 마지막에 질드그리버가 대검을 내리치며 발생한 충격파가 원흉인 듯했다.

구덩이 안에서부터 뻗어나간 도랑이 성벽이 세워져 있던 곳까지 도달해 있었다.

"이, 이건⋯⋯."

이 성벽을 수리하려면 상당한 일손과 비용이 소모될 것이다.

하지만 무엇보다도⋯⋯.

"크리스으으으?"

팔짱을 낀 라피니아가 분노에 찬 얼굴로 잉그리스를 기다리고 있었다.

"앗, 라니⋯⋯ 무사했어? 다행⋯⋯."

"하나도 안 무사해!"

라피니아가 잉그리스의 귀를 있는 힘껏 잡아당겼다.

"이걸 어쩔 거야! 방벽이 완전히 무너져 버렸잖아! 마을을 부수지 말라고 내가 말했지! 크리스도 분명히 들었을 텐데?"

"오, 오해야. 마을은 부수지 않았어. 부서진 건 방벽인걸. 마을을 지켜줘서 고마워, 방벽아. 지금까지 고마웠어⋯⋯ 편히 쉬도록 해⋯⋯."

"뭐?! 방벽한테 고마워한다고 뭐가 바뀌는데! 지금 이걸 어쩔 거냐고 물었잖아!"

"하지만 방벽을 부순 건 내가 아닌걸! 지르 님이 그랬어……!"

그러자 라피니아는 두려워하는 기색도 없이 질드그리버를 매섭게 쏘아보았다.

"정말인가요? 당신이 방벽을 부쉈어요……?!"

"어, 어어……! 미안하다, 힘 조절에 실패하는 바람에! 사과의 의미로 하이랜드의 건축 자재를 놔두고 갈 테니까 너그럽게 봐줘라. 원래 썼던 돌보다 훨씬 단단한 녀석으로 제공하마."

"……그러시다면야. 방벽 재건은 크리스가 하도록 해. 우리도 돕기는 하겠지만."

"으, 응……. 알았어."

마침 그때 몇 대의 플라이 기어가 이쪽으로 날아왔다.

카랄드가 지상으로 내려올 때 인솔하던 플라이 기어였다.

"그러면 곧바로 자재를 운반해 보실까! 가자, 할아범! 또 보자, 잉그리스! 너도 수행을 게을리하지 마! 다음에도 좋은 승부를 하자고!"

"네, 지르 님. 하지만 다음번에는 무승부가 아니라 제 승리로 끝날 거예요."

"건방진 녀석……! 그러면 기대하고 있으마!"

"허허허. 여러분 모두 건강하시길."

호쾌한 웃음과 인자한 미소를 띤 두 사람의 얼굴이 상공의 하이랜드로 멀어져 갔다.

◆ ◇ ◆

그로부터 며칠간 토목 공사가 이어졌다.

완전히 파괴되어 버린 방벽을 재건하기 위해서였다.

라피니아와 에이다를 비롯한 기사단원들도 거들어 주었다.

덕분에 잉그리스도 딱히 서운함을 느끼진 않았다. 방벽 재건이 훈련을 대신해 주었기 때문이기도 했다.

질드그리버가 두고 간 자재는 그의 말대로 기존에 사용했던 석재보다 훨씬 단단했다. 결과적으로 이전보다 강화된 방벽을 재건할 수 있었다.

라피니아도 흡족해 보였다.

질드그리버의 재방문 선언에는 다소 복잡한 심경인 듯했지만.

하지만 그보다 걱정되는 것은 에리스의 상태였다.

그날 이후 에리스는 유미르 성에서 한동안 휴식을 취했다. 뼈가 부러지는 등의 중상을 입었음에도 경이적인 회복력으로 금세 평소처럼 움직일 수 있게 되었다.

그러나 한 가지 커다란 문제가 생겼다.

"시작하죠, 에리스 씨."

"알았어……!"

유미르 성의 훈련장.

잉그리스와 에리스는 서로의 손을 맞잡고 있었다.

두 사람의 손을 중심으로 황금색의 빛이 흘러나와 에리스의 몸을 감쌌다.

평소 같았으면 이대로 빛이 강해져 에리스를 쌍검으로 변화시켰을 테지만, 지금은 달랐다.

팽창하던 빛이 약해지며 소멸해 버리는 것이다.

"역시…… 이렇게 되네요."

"몇 번을 계속해도 빛이 사라져……."

"그러게. 안 되겠어……."

에리스가 고개를 저으며 한숨을 내쉬었다.

이처럼 에리스는 무기로 변신할 수 없게 되어버린 것이다.

몇 번을 시험해봤지만 개선될 기미가 보이지 않았다.

"큰일이네. 이래서는 제대로 된 하이랄 메나스라고 할 수 없어."

"부, 분명 조금만 쉬면 괜찮아질 거예요! 걱정할 거 없어요! 그러니 기운 내세요!"

라피니아가 에리스를 위로했다.

솔직히 말하면 별로 설득력은 없었지만, 어려진 라피니아가 필사적으로 위로하는 모습은 보기만 해도 귀여웠다.

"염려 마. 치료할 방법이 없는 건 아니거든. 그렇다고 여유를 부릴 수는 없지만."

에리스도 비슷한 기분을 느꼈는지 미소 지으며 라피니아의 머리를 쓰다듬었다.

질드그리버와 잉그리스가 싸우는 동안에는 라피니아를 안아주기도 했고, 의외로 에리스는 아이를 좋아하는 성격일지도 몰랐다.

"역시 쌍검이 파손된 게 원인이겠죠?"

"맞아……. 이런 일은 처음이지만 아마도 그럴 거야."

"죄송해요. 제가 무모한 싸움을 하는 바람에……."

실제로 미안함을 느낀 잉그리스가 머리를 숙였다.

그러자 에리스가 잉그리스의 머리를 툭툭 쓰다듬었다.

"괜찮아. 오히려 뒤가 없는 싸움이 아니라 대련에서 이런 일이 벌어져서 잘됐어. 덕분에 많은 사실을 알게 되었거든. 하이랄 메나스는 궁극의 마인무구라고 칭해져 왔고, 나도 지금껏 그렇게 생각했어. 하지만 본고장인 하이랜드에는 더 위가 있었지……. 대검으로 변한 카랄드 씨는 강도 면에서 나보다 훨씬 뛰어났어. 만약 무기의 강도가 호각이었다면 그 힘겨루기에서 네가 이겼겠지. 안 그래?"

"그건……."

무기의 강도에서 상대가 우세한 건 사실이지만, 잉그리스가 고집을 부리지 않고 디바인 워크를 사용했다면 에리스를 상처 입히지 않고 제압이 가능했을 것이다. 물론 그것이 싸움의 즐거움이나 성장으로 이어지지는 않았을 테지만.

그렇기에 더더욱 잉그리스는 에리스에게 미안함을 느꼈다.

다만, 잉그리스에게 디바인 워크라는 비장의 수가 있었듯 질드그리버에게도 아직 보여주지 않은 비장의 수가 존재했을지도 몰랐다.

에리스는 복잡한 표정을 짓는 잉그리스를 번쩍 안아 들었다.

"네 성격을 본받겠다는 건 아니지만, 나 또한 강해져야 한다는 걸 깨달았어……. 하이랄 메나스가 되고 나서 이런 생각을 해본 적은 없었지……. 지금까지는 프리즈마가 나타나지 않기만을 빌면서 겁쟁이처럼 살아왔거든. 이 사실을 깨달은 것만으로도 큰 수확이라고 생각해. 게다가 하이랜드의 정점이라 할지라도 무적은 아니라는 사실도……."

"에리스 씨……."

"응. 뭔데?"

"혹시 아이들을 좋아하세요?"

"……?!"

"굉장히 자연스럽게 저희를 껴안으시길래."

"그, 그러게……. 귀여워서 나도 모르게 그만……."

부끄러운지 얼굴을 붉히는 에리스.

혹시 계속 껴안을 기회를 엿보고 있었던 것일까?

"그러면 저도 안아주세요! 에리스 씨가 기운을 얻을 수 있다면야!"

라피니아가 에리스를 올려다보며 양팔을 벌렸다.

밝은 웃음과 어우러진 그 모습은 굉장히 귀여웠다.

"나도 라니를 안아주고 싶어!"

잉그리스는 에리스의 팔에서 폴짝 뛰어내려 라피니아를 끌어안았다.

"어휴, 누가 크리스한테 안아달라 그랬어? 딱히 싫다는 건 아니지만!"

"라니가 귀여운 걸 어떡해!"

"크리스도 귀엽거든!"

"아하하. 맞아. 두 사람 모두 귀여워⋯⋯."

"네. 가능하면 저만 원래의 모습으로 돌아가서 작아진 라니를 안아주고 싶지만요."

"아, 나도! 커다란 몸으로 크리스를 안아주고 싶어!"

"먼저 원래대로 돌아간 사람이 이득이네."

"응. 원망하기 없기다!"

하지만 에리스는 그렇다 쳐도, 잉그리스와 라피니아 또한 원래대로 돌아갈 기미가 없었다.

슬슬 진지하게 고민해 볼 필요가 있어 보였다.

그래도 우선은⋯⋯.

"잠시 실례할게요, 에리스 씨."

"저도 얼른 안아주세요!"

에리스가 기운을 낼 수 있도록 안겨주기로 했다.

"너희들⋯⋯. 응, 귀엽네."

에리스는 잉그리스와 라피니아를 끌어안으며 미소 지었다.

기뻐 보여서 다행이었다.

"……나는 내일부로 왕도에 돌아갈 생각이야. 변신을 못 하는 상태로 방치할 수는 없는 노릇이니까. 몸 상태도 충분히 회복되었고."

"세오도어 특사님께 부탁해서 하이랜드에서 치료를 받으실 생각인가요?"

"맞아. 모처럼 무공께서 배려해 주셨으니까."

"하이랜드……. 괘, 괜찮겠지, 크리스?"

"적어도 지르 님은 순수한 호의로 제안하신 걸 거야. 다음에 만났을 때 무기에 문제가 있으면 싸우는 보람이 없으니까……. 그런 사람이거든, 지르 님은."

"……정말이지 잉그리스 너하고 판박이더라. 황당할 정도로 죽이 잘 맞던걸."

"하늘에서 뛰어내린 지 10초 만에 싸우더라니까요……."

"에리스 씨한테는 죄송하지만, 엄청 재밌었어요! 프리즈마 때처럼 패배하면 수많은 사망자가 나오는 것도 아니라서 순수하게 즐길 수 있었죠! 다시 싸우는 날이 기대되네요!"

잉그리스가 싸움을 회상하며 눈을 반짝였다.

누가 이겨도 이상하지 않은 멋진 싸움이었다.

역시 치열한 싸움을 통해 얻은 경험만큼 성장에 도움이 되는 것도 없었다.

심지어 질드그리버는 잉그리스처럼 순수하게 힘을 추구하는 타입이었다. 대의나 목표를 위해서 힘을 기르는 인간이 아닌 것이다.

그렇기에 두 사람 모두 진심으로 싸움을 즐길 수 있었다.

노력하는 자는 즐기는 자를 이기지 못하는 법이다.

"하지만 바람을 피우면 못써, 잉그리스! 지르 님이 아무리 대단한 하이랜더라도 나는 라파 오라버니가 아니면 인정하지 않을 거야! 그러니까 다음에도 절대로 지면 안 돼!"

단단히 주의를 주는 라피니아.

"그, 글쎄……. 누구랑 사귈 생각은 없어. 관심도 없고."

아이를 낳아서 대련 상대를 늘리면 된다는 말에 설득당할 뻔하기는 했지만, 역시 솔직한 심정은 부정적이었다.

"……정치적으로 생각하면 꽤 그럴듯한 제안이기는 해……. 지상인과 하이랜드의 예속 관계도 완화될 테고, 네 아이라면 죽지 않고 하이랄 메나스를 다루는 재능을 물려받을지도 몰라."

"……아, 안 돼요! 그래도 절대로 안 돼!"

라피니아가 두 팔로 커다란 X자를 만들며 항의했다.

화내는 표정도 귀여웠다.

"아하하……. 맞아. 당사자의 마음이 가장 중요하지."

"걱정 마, 라니. 다음번에는 반드시 이길 테니까!"

"꼭이야! 무조건 이겨야 해! 하지만 라파 오라버니랑 싸울 때는 져도 좋아!"

"나는 언제 어디서 누구와 싸우더라도 이겨낼 거야!"

새롭게 결의를 다지는 잉그리스였다.

"……그러면 나도 그때까지 회복을 마치고 지금보다 강해져야 겠네……. 앞으로는 힘겨루기에서도 지지 않도록 말이야. 나도 단련하면 무기로 변했을 때 강해지려나……?"

"그건 저도 잘……. 세오도어 특사라면 뭔가 알고 계시지 않을 까요?"

"어쩌면. 회복도 회복이지만 더욱 강해질 방법이 없는지 하이 랜드에서 가능성을 모색해 봐야겠어."

"그럼 저희도 함께 왕도로 갈게요. 중간에 에리스 씨의 신변에 무슨 일이라도 생기면 큰일인 데다, 저희 상태에 대해서도 세오 도어 특사와 밀리에라 교장님께 상의하고 싶거든요."

"그럴래? 알겠어. 그러면 같이 가자."

"라니도 괜찮겠어?"

"응. 이미 충분히 쉬었는걸. 다들 씩씩하게 지내는 모습도 봤으 니 됐어."

에이다에게 부탁받은 아리나의 마인무구 개조도 전부 끝마쳤 다. 이제 이번 귀성을 마무리할 일만 남았다.

라피니아가 잉그리스의 질문에 대답한 그때, 훈련장 입구에서 젊은 여성의 목소리가 들려왔다.

"라피니아 님! 잉그리스 님!"

에이다의 목소리였다.

고개를 돌려 보니, 에이다 옆에는 아리나도 함께 있었다.

공부를 마치고 훈련을 시작하려는 것일까.

"에이다 씨군요."

"무슨 일이야, 에이다? 또 뭔가 사건이라도 벌어진 거야?"

"아뇨, 그게 아니라 전할 물건이 있어서요."

""전할 물건?""

서로의 얼굴을 마주보는 잉그리스와 라피니아에게 아리나가 무언가를 내밀었다.

"응, 라니 언니, 크리스 언니. 친구한테서 편지가 왔어!"

편지 봉투 뒷면에는 예쁜 글씨로 레오네라고 쓰여있었다.

아르멘 마을 근교.

"으아아······! 정말이야, 아르멘 마을에 공중전함이 와 있어!"

라피니아가 소리쳤다.

잉그리스 일행은 현재 스타 프린세스호에 탑승해 있었다.

조종간은 에리스가 쥐고 있었고, 라피니아는 그 에리스에게 달라붙어 있었다.

어려진 몸으로는 플라이 기어를 조종하기 힘들었기에 에리스가 대신해 주기로 했다.

"수리가 완전히 끝났나 보네······."

에리스가 중얼거렸다.

아르멘 마을의 중심부. 얼어붙은 프리즈마가 안치되어 있었던 대성당의 상공에 공중전함이 체재하고 있었다.

밑에 있는 대성당도 대규모 수리가 진행 중이었다. 건축용 발판이 설치되어 사람들이 바쁘게 오가고 있었다.

생각보다 상당히 활기찬 모습이었다.

안치되어 있던 프리즈마가 부활해 완전히 퇴치당한 지금, 아르멘 마을은 기존의 역할을 다했다고 볼 수 있었다. 하지만 마을 사람들은 새로운 모습으로 다시 태어나려 하고 있었다.

아르멘 마을이 부여받은 새 역할은 바로 저 공중전함의 기지였다.

원래는 베네픽군의 로슈폴 장군이 왕도 카이랄을 침공하면서 끌고 온 공중전함이지만, 잉그리스의 공격으로 불시착하면서 노획되었다.

이후 공중전함은 기사 아카데미에 배속되었고, 세오도어 특사와 밀리에라 교장의 지휘 아래 수리가 이루어졌다. 그렇게 학생들이 총동원되어 수리에 매달린 덕분에 지금의 모습을 되찾을 수 있었다.

"아앗! 내가 열심히 도색했는데 위에다 덧칠해 버렸어!"

라피니아가 볼을 부풀리며 불만을 토했다.

"아무래도 핑크색은 좀……. 새로운 기사단의 기함이 될 예정이랬어. 앞으로 이런저런 작전을 수행해야 하는데 너무 화려하면 적의 눈에 띌 거야."

잉그리스가 라피니아를 달랬다.

기사 아카데미에서 수리 작업이 진행될 당시, 라피니아와 프람은 공중전함을 온통 핑크색으로 도색해 버렸다. 하지만 역시 어울리지 않다고 판단한 듯했다.

잉그리스와 라피니아의 사유물인 스타 프린세스호라면 상관이 없지만, 공공 기물을 자기 마음대로 도색하는 건 무리가 있었다.

참고로 스타 프린세스호의 핑크색 외관과 반짝거리는 눈동자도 라피니아와 프람의 우정 어린 공동 작업물이었다.

"으으으……. 프람과 함께 얼마나 공들였는데."

"너무 그러지 마. 색깔은 변했지만 눈 부분은 남아있잖아."

공중전함의 측면에는 두 사람이 그린 눈동자가 고스란히 남아 있었다. 그래서 색이 바뀌었음에도 이전에 보았던 공중전함과 동일한 기체라는 것을 단번에 알아차린 것이다.

이 공중전함을 기함으로 삼아서 새로운 기사단이 설립된다는 것은 레오네가 편지로 알려준 사실이었다.

카랄리아에는 국왕 휘하의 성기사단과 근위기사단이 있고, 이외에도 각 귀족이 유미르 기사단과 같은 기사단을 재량껏 운영하고 있었다.

이번에는 성기사단, 근위기사단에 이은 또 하나의 직속 기사단을 결성하려는 모양이었다. 하지만 마석수 토벌에 주안점을 둔 성기사단, 왕도와 왕족을 수호하는 데 주안점을 둔 근위기산으로 역할 분담은 잘 이뤄지는 중이었다. 이번 기사단에는 어떤 임무를 맡기려는 것일까.

레오네의 편지에는 공중전함이 아르멘 마을로 옮겨졌으며, 아르멘 마을을 거점으로 둔 기사단이 창설될 것 같다고 쓰여있을 뿐이었다.

다행인 것은 세오도어 특사도 이곳에 와 있다는 점이었다. 덕분에 왕도까지 헛걸음하지 않아도 되었다.

"그나저나 레오네도 참 성실한 건지, 고지식한 건지. 고맙다는 인사는 아카데미에 가서 해도 충분할 텐데."

"그만큼 기뻤다는 뜻일 거야. 잘됐다."

"좋은 일을 했다고 생각해. 두 사람 모두 대견한걸."

에리스는 이곳으로 오는 도중에 자세한 내막을 설명받았다. 그래서인지 두 사람을 칭찬해 주었다.

""고맙습니다.""

잉그리스와 라피니아가 해맑은 미소로 대답했다.

"……계속 어려진 모습으로 남아있으면 좋을 텐데 아쉽네."

에리스는 그렇게 말하며 싱긋 웃어 보였다.

에리스가 언급한 좋은 일이란 레오네의 친가인 오르파 저택에 관한 것이었다.

사실 레오네는 기사 아카데미에 입학할 당시 저택을 팔고 왕도로 왔다.

오르파 저택이 남아있으면 아르멘 마을 사람들에게 배신자라 불리며 아픈 기억을 되새길 뿐이거니와, 학비를 비롯한 생활 자금도 부족한 상태였기 때문이다.

잉그리스가 부족한 자금을 지원해 주겠다고 말해봤자 고지식한 레오네는 한사코 거절할 게 뻔했다.

그래서 잉그리스와 라피니아는 라파엘과 상담하여 레오네가 팔아치운 오르파 저택을 사들인 뒤, 언젠가 돌려줄 수 있도록 지속적으로 관리해 왔다. 물론 레오네에게는 비밀로.

정확히 말하면 두 사람이 제안하기도 전에 라파엘이 먼저 손을 써둔 상태였지만.

기사 아카데미가 휴가를 맞이한 뒤, 레오네도 프리즈마와의 전투로 피해를 입은 아르멘 마을을 복구하기 위해 귀성했다. 그리고 오르파 저택이 원래의 모습으로 남아있다는 사실을 깨달은 것이다.

저택을 팔았던 상회를 찾아간 레오네는 오르파 저택의 명의가 여전히 자신 앞으로 남아있다는 사실을 전달받았고, 곧장 오르파 저택으로 돌아가 잉그리스와 라피니아에게 감사의 편지를 보낸 모양이었다.

성실한 성격의 레오네다운 행동이었다.

"그래서 어디부터 가려고? 오르파 저택?"

"네!"

"부탁드려요, 에리스 씨. 방향은 저쪽이에요."

스타 프린세스호는 잉그리스의 안내를 따라 오르파 저택으로 향했다.

얼마 후, 오르파 저택의 모습이 눈에 들어오기 시작했다.

저택은 예전에 방문했을 때 그대로였다.

훌륭한 대문과 넓은 부지가 있지만, 정원에 나무 한 그루 없는 살풍경한 저택이었다.

하지만 이전과 다른 점도 있었다.

저택 앞에 인파가 모여있었다. 그들은 대문 너머로 저택 안쪽을 들여다보고 있었다.

"사람들이 잔뜩 있어. 대체 뭐지……?"

라피니아가 그 광경을 보면서 고개를 갸웃했다.

"레오네가 돌아왔다는 사실을 알고 찾아온 건가?"

"……! 또 레오네를 괴롭히려고……?! 그래서 우르르 몰려든 거야?!"

라피니아가 눈썹을 찌푸렸다.

"글쎄. 꼭 그렇다고 단언할 수는 없지."

"하지만 사실이라면 레오네가 상처받기 전에 쫓아내야 해! 불쌍하잖아! 얼른 가자, 크리스!"

라피니아가 잉그리스의 손을 억지로 잡아끌었다.

"알았어, 알았어. 에리스 씨, 먼저 갈 테니 착륙 부탁드릴게요."

"앗, 잠깐……! 금방 착륙할 거니까 조금만 참아……!"

"아뇨! 지금 바로 갈 거예요!"

라피니아가 잉그리스의 등을 와락 붙잡으며 말했다.

"가는 건 난데?"

"크리스의 힘은 나의 힘!"

"후훗. 틀린 말은 아닌걸!"

잉그리스는 라피니아를 등에 업고 스타 프린세스호에서 뛰어내렸다.

착지 지점은 오르파 저택의 대문 앞에 모인 사람들 앞이었다.

난데없이 하늘에서 어린애가 뛰어내리자 사람들은 화들짝 놀라서 외쳤다.

""으악……?! 뭐, 뭐야……?!""

""위, 위에서 뛰어내린 건가……?!""

잉그리스는 온화한 미소를 지으며 인사를 건넸다.

"안녕하세요, 여러분. 이 저택에는 무슨 용건이신가요?"

"레오네한테 불만을 표하러 온 거라면 저희가 대신 듣겠어요! 그러니 돌아가 주세요!"

라피니아가 외치자 모여있던 사람들이 일제히 고개를 가로저었다.

인파의 다수는 기사로 보이는 자들로 구성되어 있었다.

하지만 그렇지 않은 사람과 여성, 일반인도 섞여 있었다.

"아니, 그럴 생각은 추호도 없어……!"

"너희는 레오네 아가씨와 아는 사이니?"

"네. 그런데요?"

라피니아가 고개를 끄덕이며 답했다.

"오오, 그렇군……! 레오네 아가씨가 이곳에 돌아왔다고 들었는데, 사실이야?"

"아마도요……. 여러분이야말로 무슨 일로 여기에 모이신 건가요?"

잉그리스가 묻자 기사 중 하나가 어렵게 입을 열었다.

"우리가 한 짓을 사과하고 싶어서 왔다……."

"" ……?!""

잉그리스와 라피니아가 서로의 얼굴을 마주 보았다.

"우리는 저번 프리즈마 전투에 참전했던 자들이다……! 프리즈마가 쓰러지자 대량의 마석수가 몰려오더군. 그때 레오네 아가씨가 마을을 지키기 위해서 필사적으로 분투하는 모습을 보았다……!"

"나, 나도……! 마석수에게 당하기 직전에 아가씨의 덕분에 목숨을 건졌어……!"

"우리는 그 아가씨를 그토록 모질게 대했는데……. 내가 한 행동이 부끄러워. 그래서 한마디라도 사과를 하려고 온 거야……."

"그렇게 된 거군요."

잉그리스는 프리즈마를 격파한 뒤 정신을 잃었고, 눈을 떴을 때는 이미 전투가 끝나 있었다. 들은 바에 따르면 잉그리스가 기절한 동안에 치러진 소탕전도 상당히 격렬했다는 모양이었다.

프리즈마는 쓰러졌어도 프리즈마가 만들어낸 수많은 마석수들은 여전히 건재했고, 그 마석수들이 일제히 공격을 감행했으니 격전으로 치닫는 것도 무리도 아니었다.

에리스와 리플까지 기절해 버렸기 때문에 그 직후에 정신을 차린 라파엘이 엄청난 활약을 펼쳤다고 한다. 그리고 레오네도 라파엘 다음가는 활약을 펼쳤다는 모양이다. 리제롯테 또한 마찬가지였다.

그 전공을 인정받아 프리즈마 격파 축하연에 불려갔을 정도라고 한다.

그렇기에 이들이 싸우는 모습은 현장에 있는 기사들에게 강렬한 인상을 주었을 것이다.

아르멘 마을을 나설 당시, 레오네는 자신의 손으로 레온을 붙잡아 오르파 가문의 오명을 씻겠다고 결의했다.

하지만 레오네는 그 결의와 다른 형태로 아르멘 마을 사람들의 신뢰를 얻기 시작했다.

"처음부터 그렇게 말씀하시지! 음음, 잘 알았어요! 과거의 잘못을 사과하는 건 좋은 일이죠!"

라피니아가 환한 얼굴로 고개를 끄덕거렸다.

"그러면 다 같이 레오네를 만나러 가죠! 자, 들어와요, 들어와!"

손짓하면서 문 앞의 사람들을 안쪽으로 안내하는 라피니아.

"라니, 남의 집인데 멋대로 들여보내면……."

"괜찮아, 친구 사이잖아! 분명 레오네도 기뻐할 거야!"

라피니아는 자기 일처럼 기뻐하며 웃었다.

잉그리스는 라피니아의 이런 표정에 약했다.

심지어 대여섯 살의 귀여운 모습이었기에 평소보다 파괴력이 강했다.

"뭐, 어쩔 수 없나."

"좋았어! 자, 들어갑시다♪"

라피니아가 문을 열고 들어가려던 찰나.

"자, 잠깐. 역시 멋대로 들어가는 건 좀……."

"맞아. 자칫하면 우리 때문에 기분만 더 상하실 거야."

"가능하면 그럴듯한 용건이 있는 편이 낫지 않을까?"

기사들은 망설여지는 눈치였다.

아무래도 잉그리스와 라피니아가 어린아이 모습이다 보니 설득력이 부족한 모양이었다.

"참, 걱정할 거 없다니까요."

라피니아가 투덜거린 그때, 불현듯 반대쪽에서 문이 열렸다.

모습을 드러낸 것은 에리스였다.

먼저 안뜰에 착륙해 문을 열어준 모양이었다.

"아, 에리스 씨. 고맙습니다."

라피니아는 가벼운 말투로 감사를 표했지만, 모여있던 사람들은 경악을 금치 못했다.

이 나라의 수호신인 하이랄 메나스가 다짜고짜 눈앞에 나타난 것이다.

""오, 오오오⋯⋯?!""

""에, 에리스 님⋯⋯?!""

"봐요, 하이라 메나스가 괜찮다잖아요. 다들 들어가죠!"

라피니아가 사람들을 재촉했지만, 에리스는 심각한 표정을 짓고 있었다.

"멈춰! 위험할지도 몰라."

"네⋯⋯? 위험하다니, 뭐가요?"

"위험하다고요?!"

"어휴! 기뻐하지 마, 크리스!"

"어디까지나 그럴 가능성이 있다는 뜻이지만⋯⋯ 두 사람만 오도록 해. 다른 분들은 이곳에서 상황을 지켜봐 주세요."

두 사람은 그렇게 말하는 에리스를 따라서 저택 안쪽으로 발걸음을 옮겼다. 이윽고 에리스가 착륙시킨 스타 프린세스호가 나타났고, 이 지점에 다다르자 잉그리스와 라피니아도 에리스가 한 말의 의미를 이해할 수 있었다.

"……! 이건 피 냄새……?!"

"저, 정말이네……! 무슨 일이 있었던 거지?! 레오네는……?!"

"확인하러 가보자."

세 사람은 저택의 현관문 앞으로 이동했다.

현관문은 살짝 열려있었다. 밀면 곧바로 열릴 듯했다.

잉그리스는 선두에 서서 현관문의 손잡이에 손을 얹었다.

"열게요……!"

문을 활짝 열고 안으로 진입하는 세 사람.

문을 열자 넓은 홀이 보였고, 홀 끝에는 중앙 계단이 존재했다.

그리고 계단 위에는 몇 명의 인간이 피를 흘리며 쓰러져 있었다.

차림새를 봐서는 기사들인 듯했다.

"사, 사람이……?!"

"무슨 일이 있었던 거지……?!"

피 냄새를 통해서 예상했던 광경이기는 했다.

아니, 최악의 상황은 레오네가 쓰러진 모습을 목격하는 것이었다. 이에 비하면 그나마 나은 편에 속했다.

하지만 어느 쪽이든 평범한 광경은 아니었다. 레오네의 안부가 몹시 걱정되었다.

"크, 큰일이야……! 괘, 괜찮으세요……?!"

라피니아가 쓰러진 기사들의 상태를 확인하기 위해 달려가려

했다.

"기다려, 라니!"

잉그리스가 라피니아의 팔을 붙잡아 멈춰 세웠다.

"하, 하지만 아직 살아있으면 서둘러 치료해야 하잖아……!"

"괜찮아. 어떤 상태인지는 대충 알 것 같으니까."

"뭐……? 이미 죽었다는 뜻이야……?"

라피니아의 얼굴이 어두워졌다.

이미 저들의 숨이 끊겼졌다는 말로 받아들인 모양이었다.

하지만 잉그리스는 고개를 가로저으며 대답했다.

"아니, 그게 아냐. 잘 보고 있어."

잉그리스는 손가락을 세워 쓰러져 있는 남자를 가리켰다.

"연기는 그만두고 일어나세요."

에테르 피어스!

잉그리스가 발사한 광선이 쓰러져 있는 남자에게로 향했다.

일부러 스치도록 조준했지만, 광선이 명중하기 직전…….

"갸아아아아아악!"

남자는 포악한 소리와 함께 뛰어올라 에테르 피어스를 피해버렸다.

피를 흘린 부상자라고 생각하기 힘든 민첩한 움직임이었다.

심지어 아킬레스건까지 끊어져 있건만 움직이는 데 아무런 지장도 없어 보였다.

얼굴과 눈의 상태도 정상이 아니었다. 눈은 이상하리만치 부릅

뜨인 상태였고, 이빨도 날카롭고 두꺼웠다. 특히 송곳니는 칼날처럼 날카로웠다.

"어……?! 저게 뭐야……?!"

라피니아가 경악하는 가운데, 남자는 검을 움켜쥐고 잉그리스를 향해 돌격해 왔다.

방어를 내다 버린 공격이었다.

범상치 않은 속도도 그렇고, 상당히 무시무시한 자객이었다.

"빨라……!"

에리스조차 감탄을 내뱉을 정도였다.

하지만…….

남자의 검이 잉그리스의 면전에서 뚝 멈추었다.

잉그리스가 두 손가락으로 검을 붙잡아 버린 것이다.

남자가 아무리 용을 써도 검은 꼼짝도 하지 않았다.

"흠……. 힘은 나쁘지 않네요. 움직임도 그렇고 평범한 인간과는 수준이 다르군요."

잉그리스가 씨익 웃으며 말했다.

이 정도면 나쁘지 않은 상대였다.

머릿수를 수십 명쯤 늘리면 제법 즐거운 싸움이 될 것 같았다.

"마석수도 아니고, 마인무구를 사용한 흔적도 없어……! 이건 대체……?!"

에리스도 처음 보는 현상인 모양이었다.

"이전에 봤던 마인 포식자와도 달라……! 크, 크리스! 저 사람

143

들 이상해……! 도대체 어떻게 된 거야?!"

"불사자야."

"불사자?"

"응. 좀비나 흡혈귀 같은 거지."

"뭐?! 그런 건 이야기 속에서만 등장하는 거 아니었어……?!"

"하지만 실제로 우리 눈앞에 있잖아. 용도 이야기 속에서만 등장하는 줄 알았는데 실제로 존재했지?"

"그, 그건 그렇지만……."

"원래 이 세상은 신비한 일들로 가득한 거야."

다만, 이 불사자는 신룡처럼 인간의 상식을 아득히 뛰어넘은 존재는 아니었다.

즉, 마법을 사용해 만들어낼 수 있다는 뜻이다.

잉그리스 왕이 통치하던 시절에 존재했던 금단의 마법이 이에 해당했다.

인간을 추악한 모습으로 변화시키는 이 마법이 지나치게 비윤리적이라고 판단한 잉그리스 왕은, 마법의 보급에 애쓰면서도 불사자를 만들어내거나 조종하는 마법을 엄격히 금지했다.

강력한 마법이기는 하지만 후대에는 필요하지 않다고 생각했던 것이다.

하지만 그로부터 얼마나 오랜 세월이 지났을까. 결국 이렇게 사용되어 희생자를 내고야 말았다.

마인무구를 이용한 것인지, 하이랜더가 직접 마법을 사용한 것인지는 알 수 없었다.

"……기분이 착잡하네."

잉그리스가 한숨을 내쉬었다.

좋은 세상을 만들기 위해 금지한 마법이건만.

시간이란 참 잔혹했다.

전생에 이뤄냈던 것들은 전부 어디로 사라져 버린 것일까.

이번에도 그런 생각이 들고 말았다.

역시 대의나 의상을 쫓아봤자 세월이 흐르면 아무런 의미도 없었다. 앞으로도 자신의 즐거움을 추구해 나가겠다고 다짐하는 잉그리스였다.

잉그리스 유크스로서 살아가는 이 인생에서는 최후의 순간까지 후회를 남기지 않을 생각이었다.

아아, 즐거웠다. 여한이 없다. 그렇게 웃으며 숨을 거두고 싶었다.

"그, 그러게. 너무 불쌍해……. 크리스, 되돌릴 방법은 없어?"

"한번 이렇게 변해버리면 힘들어. 마석수처럼."

라피니아의 질문에 대답한 잉그리스는 눈앞의 불사자에게 외쳤다.

"자, 힘내세요! 당신이라면 할 수 있어요! 앞으로 조금이면 검이 닿을 거예요!"

"갸아아아아악!"

잉그리스의 응원이 통했는지 불사자의 움직임이 더욱 거칠어졌다.

"크리스! 너 즐기고 있지!"

"모처럼 만난 불사자인걸!"

불쌍한 건 불쌍한 거고 이건 이거였다.

어떤 싸움이든 성장의 발판으로 삼을 생각이었다.

"못 말려⋯⋯!"

라피니아가 그렇게 말한 직후였다.

콰직! 우지끈⋯⋯!

기세가 지나친 나머지 불사자의 다리가 부러져 버렸다.

육체의 한계를 무시하고 힘을 쥐어짠 탓이다.

그렇지 않아도 아킬레스건을 베인 상태였기에 이곳을 기점으로 뚝 부러지고 말았다.

화들짝 놀란 라피니아가 질겁한 표정을 지었다.

"새, 생명이 빠져나간 존재라서 고통을 느끼지 못하는 거야⋯⋯!"

에리스가 말했다.

"오, 잘 아시네요."

불사자에 대해서 알고 있다니, 과연 하이랄 메나스. 박식했다.

"오히려 네가 그렇게 잘 아는 게 신기한데⋯⋯. 뭐, 애초에 너는 수수께끼투성이라서 이 정도는 신경도 안 쓰이지만."

"도, 도저히 못 보겠어. 너무 불쌍해⋯⋯! 이거라면 원래대로 돌아가지 않을까? 에잇!"

라피니아가 애용하는 마인무구인 샤이니 플로의 시위를 당겼다.

그리고 곧 은은한 빛을 발하는 화살이 발사되었다.

치유 능력이 깃든 빛의 화살이었다.

이윽고 빛의 화살이 불사자의 부러진 다리에 명중했다.

불사자를 불쌍하게 여긴 라피니아가 뭐라도 해보려고 치유의 화살을 발사한 모양이었다.

잉그리스도 그 착한 마음씨를 칭찬해 주고 싶었지만, 이번만큼은 무리였다.

콰지직……! 우직, 우지직, 우지직……!

불사자의 육체가 치료되기는커녕 흉측한 고깃덩어리로 전락해 버렸기 때문이다.

"히이이이이이이이이이익?!"

기겁해서 비명을 지르는 라피니아.

"불사자한테는 치유 능력이 역효과거든."

"……오히려 효과 발군이네. 끔찍한 광경이지만."

에리스의 말대로였다.

마석수와 달리 불사자에게는 물리적인 공격이 통하지만, 원형을 유지하지 못할 정도로 파괴해야만 움직임을 봉인할 수 있었다. 따라서 내구력은 상당히 높은 편에 속했다.

만약 마인무구를 사용해 제압한다면 치유 능력이 가장 효과적일 것이다.

"그, 그런 건 미리 말해줘!"

"말릴 새가 없었어."

"으으! 하여튼 레오네를 찾으러 가자! 혼자서 이런 거에 습격당하면 엄청 무서울 거야!"

"기다려, 라니. 저쪽에 누워있는 것도 불사자야."

아직도 두 명 정도의 불사자가 계단에 누워있었다.

피를 흘리는 것은 레오네를 습격했다가 반격을 당했기 때문일까?

하지만 불사자는 틀림없이 살아있었다.

죽었다고 착각하게 만들어 급습할 속셈일 것이다.

마법을 구사한 인물이 그렇게 움직이도록 조작해 놓았다는 뜻이다.

단순히 공격하게 만드는 것보다 훨씬 복잡한 움직임.

마법을 구사한 인물의 수준이 상당하다는 뜻이었다.

만약 레오네가 상대를 해치웠다고 생각하고 다가갔다면 위험했을 것이다.

레오네가 실제로 이들과 싸웠는지, 아직 저택에 있는지, 하나부터 열까지 불명이지만 한시라도 빨리 레오네를 찾아야 한다는 것만큼은 분명했다.

"아까 화살로 저 녀석도 쓰러트려 줘."

에리스가 라피니아에게 말했다.

"네······?!"

"그게 가장 빠른 방법이야, 라니. 내가 나서면 저택이 부서질걸."

레오네의 집이다 보니 잉그리스도 나름대로 신경을 쓰고 있었다.

"잉그리스의 말이 맞아. 불사자를 쓰러트리려면 상당한 공격을 퍼부어야 해. 하지만 네 화살이라면 주변에 피해를 내지 않고 해치울 수 있어."

"아, 알겠습니다…….. 에에에잇!"

라피니아의 치유의 화살이 불사자를 꿰뚫었다.

화살이 명중한 부위에 상처가 생기고, 이 상처가 확대되며 불사자를 끔찍한 고깃덩어리로 변형시켜 나갔다.

"으으으…….. 역시 도저히 못 봐주겠어…….."

"이제 레오네를 찾으러 가자, 라니. 사람이 보이면 전부 치유의 화살로 사격해 줘."

"말 되네. 평범한 사람이라면 맞아도 무해하니까."

에리스가 잉그리스의 말에 고개를 끄덕였다.

그리하여 세 사람은 오르파 저택 탐색을 개시했다.

먼저 1층을 둘러보았지만 레오네는 없고 불사자만 몇 명 존재했다.

이들도 라피니아가 치유의 화살로 쓰러트렸다.

"없네요……! 1층에는."

"위층으로 가면 되겠네."

"아, 에리스 씨. 이 저택에는 지하실도 있어요! 저번에 묵었을 때 봤거든요……!"

"그러면 둘로 나뉠까. 나는 위층으로 갈 테니까, 너희는 지하실을 보고 와.”

““네!””

잉그리스와 라피니아는 지하실로 내려가려 했지만, 지하실 문이 잠겨있었다.

“레오네! 레오네! 거기 있어⋯⋯?!”

라피니아가 문을 두드리며 레오네를 불렀다.

“대답이 없네⋯⋯. 안쪽에 자물쇠가 걸려있는 것 같아.”

레오네가 적들이 들어오지 못하도록 잠가둔 것일까?

그렇다면 레오네는 이 문 너머에 있을 가능성이 컸다.

“어쩔 수 없지⋯⋯! 크리스!”

라피니아가 잉그리스의 이름을 불렀다.

“응, 나한테 맡겨.”

물론, 문을 파괴해 달라는 뜻이었다.

잉그리스가 문을 파괴하기 위해 다가가던 그때.

끼기기긱⋯⋯.

안쪽에서 문이 열렸다.

“⋯⋯! 레오네?!”

라피니아가 안쪽을 들여다보았다.

하지만 그곳에 있는 것은 레오네가 아니었다.

“갸아아아악!”

불사자가 라피니아의 눈앞에 얼굴을 들이댔다.

“히이이이이이이익?!”

"그아아아악!"

비명을 지르는 라피니아와 그런 라피니아를 붙잡으려 하는 불사자.

하지만 그것만큼은 용납할 수 없었다. 잉그리스는 이미 움직임을 개시한 상태였다.

잉그리스의 작은 주먹이 라피니아의 얼굴 옆으로 지나갔다.

그 주먹은 그대로 불사자의 옆얼굴을 강타했다.

콰아아아아앙!

불사자는 지하로 이어지는 계단을 따라서 날아가 막다른 벽에 충돌했다.

"라니한테 손대지 마세요."

잉그리스가 빙그레 웃으며 말했다. 하지만 라피니아는 옆에서 화를 냈다.

"아, 심장이야…… . 놀라게 하지 마!"

이후 라피니아는 치유의 화살로 잉그리스가 날려버린 불사자를 꿰뚫었다.

"……안 보인다, 안 보여. 못 본 걸로 해야지……!"

불사자의 육체가 무참하게 붕괴되었고, 라피니아는 연신 중얼거리며 눈을 돌렸다.

"가자, 라니. 이 앞에 레오네가 있을지도 몰라."

"응……!"

잉그리스는 라피니아의 손을 잡아끌고 지하로 내려갔다.

"레오네! 있으면 대답해!"

"우리야! 라피니아랑 크리스! 목소리가 바뀌어서 못 알아볼지도 모르지만!"

레오네를 부르며 지하실을 걸어가는 두 사람.

"잉그리스……? 라피니아……?"

바로 그때, 떨리는 듯한 목소리가 지하실 가장 깊숙한 곳에서 들려왔다.

"앗?! 있다……!"

"이쪽이야!"

창고로 쓰이고 있는 방의 한구석.

레오네는 검은색 대검을 끌어안은 채로 몸을 떨고 있었다.

두 뺨은 축축하게 젖어 있었고, 지금도 눈물을 흘리고 있었다.

상당히 무섭고 괴로운 일을 겪은 모양이었다.

"레오네! 괜찮아……?!"

"무사해서 다행이다. 이제 괜찮아."

"어……? 잉그리스하고 라피니아…… 맞지?"

레오네가 당황하는 것도 무리가 아니었다.

잉그리스와 라피니아는 대여섯 살의 어린 모습으로 변해 있었으니까.

"응, 맞아!"

"마인무구를 다루다가 사고로 그만……."

"그렇구나……. 깜짝 놀랐어."

"그보다 괜찮은 거야, 레오네?!"

"다치지는 않았어?"

레오네의 옷에는 상당량의 피가 묻어있었다.

이것이 적을 베면서 튄 피인지 부상을 입어서 흘러나온 피인지 판단하기 힘들었다.

"몸은 멀쩡해……. 하지만 나, 나…… 끔찍한 짓을……."

레오네가 손을 떨면서 눈물을 흘렸다.

"괜찮아, 레오네……! 우리가 있잖아……!"

"응, 라니 말대로야. 안심해."

잉그리스와 라피니아는 레오네의 떨리는 손을 붙잡고, 등을 어루만져 주었다.

한동안 그러고 있자, 조금 진정이 되었는지 레오네가 상황을 설명하기 시작했다.

"……라파엘 님과 너희들 덕분에 저택을 되찾을 수 있었어. 정말로 고마워……."

"응……. 편지로 봤어."

"우리는 그 편지를 읽고서 아르멘 마을로 온 거야."

편지가 없었다면 잉그리스 일행도 이곳까지 오지 않았을 것이다. 그 점을 생각하면 레오네의 성실한 성격이 큰 도움이 된 셈이었다.

레오네가 계단에서 시체인 척을 하고 있던 불사자들과 접촉했다면 기습을 당해 위험해졌을지도 몰랐다.

"이 마을의 기사들이 나하고 대화를 나누고 싶댔어. 그래서 안으로 들여보냈는데……. 시간이 지나니 상태가 이상해지기 시작했어……!"

"그래서 싸울 수밖에 없었던 거구나……."

라피니아의 말에 레오네가 고개를 끄덕였다.

"말도 안 통하고, 계속 공격해 왔어. 최대한 해치지 않으려고 했지만…… 무리였어. 아무리 때려도 기절하지 않고, 움직임도 빨라서 벨 수밖에 없었어. 나…… 이 마을의 기사들을……!"

떠올리기도 두려웠는지 레오네의 손이 덜덜 떨리기 시작했다. 눈물도 다시 흘러내렸다.

"너, 너희들 덕분에 저택으로 돌아올 수 있었지만, 돌아오지 말았어야 했어……. 내가 용서받을 리 없는데도 혼자 들떠서 돌아오는 바람에 이런 일이……! 저, 전부 내 잘못이야……!"

레오네는 기사들의 습격을 받은 이유가 그녀를 용서하지 않았기 때문이라고 여기는 모양이었다.

그래서 제대로 반격도 못 하고, 본의 아니게 죽인 기사들에게도 죄책감을 느끼는 모양이었다.

"그, 그렇지 않아, 레오네! 레오네는 잘못한 거 없어! 없고말고……!"

라피니아가 필사적으로 레오네를 끌어안았다.

"그렇지, 크리스? 내 말이 맞지?!"

"응……. 맞아."

잉그리스도 라피니아와 함께 레오네의 등을 쓰다듬어 주었다.

"레오네, 잘 생각해 봐. 이곳을 방문한 사람들은 평소에 알던 사람이었어? 아마도 전부 모르는 얼굴이었을 거야. 안 그래?"

"어? 으응……. 그건 그렇지만……. 얼굴까지 일일이 외울 수는……."

"하지만 저택 밖에는 아는 얼굴도 있던걸?"

"어……?!"

"레오네한테 사과하고 싶다고 말했어. 저번 전투에서 레오네를 보고 생각이 바뀌었다더라."

"마, 맞아……! 확실히 그렇게 말했어! 어디서 봤는지는 기억이 잘 안 나지만……."

"아르멘 마을에 처음 방문했을 때 레오네한테 화냈던 사람이야."

"……그랬던가? 그래도 크리스는 사람 얼굴을 잘 외우는 편이니까…… 아마도 맞을 거야! 그렇게 화냈던 사람도 레오네를 다시 볼 정도였잖아. 그러니 이곳을 습격한 사람들은 분명……!"

여기서 라피니아의 말문이 막혔다.

"분명…… 뭐야, 크리스?"

레오네를 돕고 싶은 마음은 굴뚝같지만, 이 이상은 짐작 가는 구석이 없는 모양이었다. 하지만 그런 라피니아도 기특해서 보기 좋았다.

"레오네를 노린 자객이겠지. 게다가 아르멘 마을과는 무관한 사람들일 거야."

"자객……! 그런데 아르멘 마을과는 무관하다고?"

"어떻게 그걸 알았어……?"

잉그리스가 라피니아와 레오네의 질문에 대답하려던 그때였다.

"그아아아아……!"

"시끄러워. 조용히 있어."

에리스가 불사자 한 명을 데리고 모습을 드러냈다.

불사자는 두꺼운 밧줄로 단단하게 묶여있었다.

""에리스 씨……!""

"에리스 님……!"

"다행이다. 무사히 발견했구나. 이거? 하나쯤은 세오도어 특사한테 넘기는 게 좋겠다 싶어서……. 증거가 될지도 모르잖아."

"그렇네요. 세오도어 특사라면 어떤 마인무구나 하이랜더의 소행인지 짐작이 가실지도 몰라요."

"……특사님도 숙제가 산더미구나. 조금 미안하네."

"후후, 그러게. 이것 봐, 레오네. 이건 불사자라고 하는데, 살아있는 인간을 죽지 않는 상태로 변형시킨 거래. 좀비나 흡혈귀라고 생각하면 이해하기 쉬울 거야."

"괴, 괴담이나 전승에서만 등장하는 존재 아니었어……?"

"그 존재를 누군가가 실제로 만들어낸 거야. 그리고 평범한 기사로 위장시켜서 레오네를 습격하게 만든 거지……. 칼로 베여도 죽지 않기 때문에, 쓰러진 척을 해서 레오네가 다가오면 기습하려고 했었어. 방금 전까지의 레오네라면 아마도 당했을 거야……."

상대는 거기까지 계산에 넣었을 테지."

레오네는 아르멘 마을의 기사들을 해쳐서 충격을 받은 상태였다.

그렇게 망연자실한 상태로 다가갔다면 대처하지 못하고 당했을 가능성이 컸다.

"……! 그럴 수가……! 누, 누가 그런 짓을……!"

"거기까진 모르겠어. 아르멘 마을에서 이런 일이 벌어진 건 처음이지?"

"무, 물론이야……!"

"그렇다면 아르멘 마을 사람의 소행은 아닐 거야. 이런 짓이 가능했다면 진작에 했을 테니까."

"…………."

"불사자의 재료가 된 사람들도 아르멘 마을의 주민은 아닐 거야, 분명. 이만한 숫자의 기사가 행방불명이 되면 누군가가 알아차릴 테니까. 조금 전에 기사들과 대화를 나눴는데, 누군가가 사라졌다고 말하는 사람은 없었어. 아마도 마을 밖에서 유입된 사람들일 거야. 조사해 보면 확실해지겠지."

"그래. 그것도 조사해 달라고 하자."

에리스가 잉그리스 말에 고개를 끄덕였다.

"들었지? 이번 일은 레오네가 생각하는 그런 사건은 아닐 거야."

"저, 정말? 내가 아르멘 마을 사람들을 해친 게 아니야……?"

"그렇대도! 뭣하면 밖에 있는 사람들한테 물어볼까?"

"그게 좋겠다. 백문이 불여일견이지."

마을 사람들이 오르파 저택 앞에 대기하고 있어서 다행이었다.

덕분에 지금 바로 레오네가 그들과 대화를 나누도록 주선해 줄 수 있었다.

그리고 그들이 겁을 먹고 머뭇거려서 다행이었다.

적극적으로 레오네와 만나려 들었다면 이 저택에 발을 들여 불사자에게 당하고 말았을 것이다.

그랬다면 레오네는 커다란 마음의 상처를 입었으리라.

레오네를 데리고 밖으로 나간 잉그리스 일행은 모여있는 기사와 주민들에게 준비해 온 질문을 건넸다. 그러자 다들 고개를 가로저었다.

"최근에 행방불명된 기사는 존재하지 않습니다……!"

"맞아. 나도 들어본 적 없어……!"

"혹시 여러분 중에 이 얼굴을 아시는 분이 있나요? 변형이 심해서 알아보기 힘들지도 모릅니다만……. 위험하니 너무 가까이 다가오지는 말아주세요."

에리스가 묶어놓은 불사자를 가리켰다.

"아뇨, 본 적 없는 얼굴입니다."

"저도요."

"저도."

"나도 마찬가지야……!"

마을 사람들은 다시 한번 고개를 가로저었다.

"그렇군요. 이건 조금 민감한 질문이지만…… 레오네가 돌아와서 과격한 반응을 보이거나, 습격을 계획할 것으로 짐작 가는 인물이 있나요……?"

잉그리스의 질문에는 가장 완강한 답변이 돌아왔다.

"설마요……! 그런 사람은 없습니다! 아르멘의 기사들은 전부 지금까지의 행동을 부끄러워하고 있습니다……!"

"맞아요……! 저희는 오르파 가문의 과거에 집착한 나머지 레오네 아가씨를 함부로 대했습니다……! 하지만 그런데도 아가씨는 아르멘 마을을 지키기 위해 선두에 나서서 싸워주셨죠! 덕분에 목숨을 건진 자들도 적지 않습니다……!"

"사과하고 감사하진 못할망정 습격이라니…… 말도 안 됩니다! 저희 마을의 기사 중에 그런 녀석은 단 한 명도 존재하지 않습니다……!"

그 말을 들은 잉그리스는 레오네에게 미소를 지어 보였다.

"그렇다네, 레오네. 자객과 이분들의 말 중에서 어느 쪽을 믿을래……?"

"여, 여러분……."

레오네가 떨리는 목소리로 눈물을 머금었다.

지하실에 틀어박혀 있을 때와는 다른 의미의 떨림과 눈물이리라.

"죄송했습니다, 레오네 님……!"

"저희의 과오를 용서해 주십시오……!"

"그리고 고마워. 네 덕분에 우리는 그 싸움에서 목숨을 건질 수 있었어……!"

마을 사람들이 레오네를 향해 일제히 고개를 숙였다.

"아, 아뇨……! 괜찮아요. 머리를 들어주세요……! 저를 좋게 봐주셔서 고맙습니다……! 정말로 고맙습니다…….."

레오네가 잠긴 목소리로 감사를 표했다. 눈가에서는 눈물이 하염없이 흘러내렸다.

"잘됐다, 레오네……!"

라피니아도 기뻐보였다.

"잘된 일인가? 마을 사람을 흉내 낸 자객한테 습격당했잖아."

잉그리스가 말했다. 그러자 레오네는 잉그리스를 번쩍 안아 들었다.

"그래도 다행이야, 으아앙……!"

레오네는 곰 인형이라도 되는 듯 잉그리스의 몸에 얼굴을 파묻고 엉엉 울었다.

평소 얌전한 레오네치고는 굉장히 감정적인 행동이었다. 그만큼 기뻤던 것이리라.

다만, 잉그리스의 말대로 기뻐하고 있을 수만은 없었다.

레오네의 목숨을 노리는 자객과 그 자객을 풀어놓은 자가 나타난 것이다.

아르멘 기사들의 소행이 아닌 것은 거의 확실했다.

정말로 습격할 작정이었다면 레오네가 아카데미에 입학하기

전에 실행했을 것이다.

이들은 레오네를 미워할지언정 직접 해치려고 들지는 않았다.

그랬던 자들이 갑자기 이렇게 과격한 행동에 나선다는 건 부자 연스러웠다.

외부인의 소행이라 가정할 경우, 애초에 그 동기가 오르파 가 문의 과실 때문이라고 단언할 수도 없었다.

완전히 다른 이유일 가능성도 적지 않았다.

잉그리스도 다른 가능성 쪽에 무게를 두었다.

레오네는 오르파 가문의 오명을 씻기 위한 노력은 했어도, 이 이상 마을 사람들의 분노를 살만한 행동은 아무것도 하지 않았다.

그렇다면 이 습격의 의도는 무엇일까? 레오네만 습격하고 끝 인 걸까?

아르멘 마을이 새로운 기사단의 거점 기지로 지정받은 것과도 무언가 관련이 있는 걸까?

그렇다면 여기서부터는 음모와 권모술수의 영역이다.

어찌 됐든, 불사자를 만들어내고 조종하는 능력은 특기할 만 했다.

특기할 만하다는 말인즉, 강력하고 눈에 띈다는 뜻이었다.

마인무구인지 하이랜더의 소행인지는 불명이지만, 이 능력을 쫓다 보면 진상이 밝혀지게 될 것이다.

만일 불사자의 상위 존재라는 리치라도 튀어나온다면 즐거운 싸움을 경험할 수 있을 것이다.

리치의 힘은 신룡에도 필적한다고 들었다.

잉그리스는 무공 질드그리버와의 전투에 대비해 더욱더 많은 실전 경험을 쌓고 싶었다.

따라서 강적의 출현을 나쁘게만 생각할 필요는 없었다.

"후후, 다행이네. 후후후……."

잉그리스는 의미심장하게 웃으며 얼굴을 파묻고 있는 레오네의 머리카락을 쓰다듬었다.

"뭔가 수상한데……."

역시 라피니아. 굉장히 날카로웠다.

영웅왕,

극한의무를 위해 전생하다

그리고 세계 최강의 견습 기사가 되다♀

기사 아카데미의 개학 첫날 아침.

"흐흥~♪ 마침내 돌아왔어, 그리운 식당으로! 오늘부터 새로운 마음가짐으로 메뉴판 투어를 시작해 보실까!"

라피니아가 웃으며 식당 안으로 발을 들였다.

"좋은 아침! 얘들아!"

라피니아가 인사를 건네자 많은 학생이 돌아보며 인사해 왔다.

""안녕하세요!""

""좋은 아침!""

이른 아침의 흐뭇한 광경이었다.

"오……! 이게 누구야, 라피니아잖니! 우리는 준비 됐단다. 자, 얼마든지 주문하렴!"

라피니아의 얼굴을 알아본 식당 아주머니가 치열한 전투에 앞서 인사를 건넸다.

"네, 아주머니……! 새학기도 잘 부탁드려요! 우선은 모든 메뉴를 차례대로 하나씩!"

꾸벅 인사를 마친 라피니아는 아주머니에게 엄청난 주문을 시켰다.

"알았다!"

하지만 익숙한 일이었다.

대수롭지 않게 주문을 받은 아주머니는 팔을 걷어붙이고 프라이팬을 움켜쥐었다.

"좋은 아침, 라피니아 군. 잉그리스는 어쩌고 혼자만 왔지?"

식사를 마친 실바가 라피니아 근처를 지나가며 물었다.

"앗. 안녕하세요, 실바 선배. 크리스라면 여기 있는데요?"

"응? 아무 데도 안 보이는데……?"

"여기요. 밑에……."

잉그리스는 라피니아의 다리 뒤에 서서 얼굴을 내밀고 있었다.

딱히 숨어있던 건 아니지만 워낙 작아서 보이지 않았던 모양
이다.

"안녕하세요, 실바 선배."

잉그리스가 싱긋 웃으며 인사를 건넸다.

라피니아는 원래대로 돌아왔지만, 잉그리스는 아직 대여섯 살
의 모습 그대로였다.

아카데미 교복은 밀리에라 교장이 어린이용으로 마련해 주었다.

"뭣……?! 그, 그 모습은 대체……?!"

""귀, 귀여워어어어어어!""

절규에 가까운 환성이 식당 안에 울려 퍼졌다. 목소리는 남녀
를 가리지 않았다.

"뭐, 이런저런 사정이 있어서…… 만들던 마인무구가 폭발해
버렸어요."

"그래서 이런 모습이……?! 어, 어쨌든 다치지 않았다니 다행
이다……."

"조만간 원래대로 돌아갈 예정이라, 그동안 작아진 크리스를 잔뜩 귀여워해 주려고요! 실바 선배가 보기에도 귀엽죠?"

라피니아는 잉그리스를 번쩍 들어 올려 뺨을 문질렀다. 완전히 인형을 다루는 태도였다.

이전에 먼저 원래의 모습으로 돌아간 쪽이 반대쪽을 안아줄 수 있다는 이야기가 나왔었다. 결국 먼저 원래대로 돌아간 것은 라피니아였다.

다만, 세오도어 특사나 밀리에라 교장의 도움을 받은 건 아니었다. 시간이 지나면서 저절로 효과가 끝난 것이다.

마법적 현상에 대한 내성은 잉그리스가 더 높을 텐데도 라피니아가 먼저 원래대로 돌아가 버렸다. 정확한 원인은 불명이었다.

마인무구가 폭발할 당시 잉그리스의 위치가 더 가까웠기 때문일까? 그로 인해서 지속 시간에 차이가 생겨난 건지도 몰랐다.

반대로, 과연 그것이 잉그리스와 라피니아의 마법 내성을 뒤집을 정도의 요인이라고 할 수 있을까?

잉그리스는 에테르를 두르고 있는 디바인 나이트다.

잉그리스만 무사하고 라피니아만 어려졌다 해도 이상할 게 없었다.

단순히 마인무구에 에테르를 주입했기 때문일지도 모르지만.

아니면 지속 시간이 능력의 위력에 의해서 정해지는 게 아닐 수도 있었다.

그렇게 해석하면 어느 정도 설명은 가능했다.

어쨌든, 잉그리스는 시간이 지나면 원래대로 돌아가리라 믿고 대응을 하지 않기로 했다.

"그, 그래……. 귀엽네. 정말로……."

실바가 대답한 그때였다. 누군가가 손을 뻗어 잉그리스의 머리를 쓰다듬었다.

"귀요미."

무표정한 얼굴 때문에 감정을 읽기는 힘들었지만, 유아도 잉그리스가 귀여운 모양이었다.

"유아 선배! 안녕하세요, 오랜만이네요."

"응. 이제는 왕가슴 후배라고 못 부르겠네."

"아하하, 그러게요……."

"유아 선배도 크리스를 안아보실래요?"

"그래도 돼? 와아."

말로는 기뻐 보였지만 표정의 변화는 미미했다.

이윽고 유아가 크리스를 받아 들었다.

"오오. 부드러워. 좋은 냄새가 나네?"

유아는 쿵쿵거리며 잉그리스의 냄새를 맡았다.

"그, 그런가요? 고맙습니다."

"높이 높이 날아라."

유아의 힘이라면 어려진 잉그리스를 번쩍 들어올리는 것 정도는 간단했다.

"아하하. 이건 좀 더 어린 애한테 하는 거잖아요."

"아, 그래? 더 높아야 하나?"

유아가 잉그리스를 높이 던졌다.

부웅, 부웅, 부웅.

유아는 천장까지 올라간 잉그리스의 몸을 받아냈다가 던지기를 반복했다.

"재밌어? 작은 가슴 후배."

"아뇨, 던져달라는 뜻이 아니고……. 애초에 어려진 건 겉모습뿐인걸요."

"유아! 어린애를 그렇게 다루면 안 되지! 위험하잖아!"

"……안경 선배. 부러워서 그래?"

"부, 부럽긴 누가 부럽다고……!"

"자, 여기."

유아가 잉그리스를 실바에게 내밀었다.

"부럽지 않다고 했잖아……!"

"안아보고 싶은 거 아니었어?"

"나는 그런 취지로 말한 게……!"

"자, 여기."

"아하하……."

완전히 인형 취급이었다. 잉그리스는 자기도 모르게 쓴웃음을 지었다.

"윽……. 어, 어쩔 수 없지……."

실바가 손을 내밀었다. 그 순간.

"역시 안 돼."

유아가 잉그리스를 휙 잡아당겼다.

"……!"

"작아진 건 겉모습뿐이야. 성희롱 금지."

"그, 그건 나도 알아……!"

"실망했어? 후후."

"이, 이 녀석이이이……!"

"아하하……. 전 상관없어요. 실바 선배만 괜찮으시다면."

"저, 정말이냐, 잉그리스?!"

실바의 얼굴이 확 밝아졌다.

정말로 라피니아와 유아가 부러웠던 모양이다.

"네, 괜찮아요."

"오, 오오……! 그럼 실례하지!"

실바가 유아한테서 잉그리스를 뺏어 들었다.

"하하하, 옛날 생각이 나는군. 우리 집안은 형제뿐이라서 항상 여동생을 원했거든."

"아하하하, 실바 선배가 이렇게 기뻐하는 모습은 처음 보는걸. 역시 조그만 크리스의 파괴력은 무섭다니까♪"

라피니아가 고개를 끄덕이며 말했다.

하지만 그때, 기뻐하는 실바 앞으로 한 그림자가 다가왔다.

"실바 선배님! 다음은 제 차례예요! 저도 안아보게 해주세요!"

엄청난 기세로 눈을 반짝거리고 있는 리제롯테였다.

휴가 동안 소식이 뜸했는데 건강해 보여서 다행이었다.

"아, 리제롯테. 오랜만이야."

"네, 오랜만이에요! 레오네한테도 들었지만 정말정말정말 귀엽네요!"

"후후, 고마워."

그리고 리제롯테의 등장을 계기로 다른 학생들도 차례차례 모여들기 시작했다.

"다, 다음은 나도 괜찮을까, 잉그리스?!"

"나, 나도!"

"나도 안아볼래! 나, 남자도 괜찮은 거지……?!"

눈 깜짝할 사이에 인파가 만들어졌다.

"자자. 크리스를 안아보고 싶은 학생분들, 일렬로 서 주세요."

곧바로 대열 정리에 나서는 라피니아.

말릴 생각은 추호도 없는 모양이었다.

하긴, 잉그리스도 라피니아가 학생들의 귀여움을 한 몸에 받는 모습을 보면 기뻤을 것이다.

그러니 딱히 불만은 없었다.

"저…… 라피니아 씨. 선생님인 경우에는 어떻게 하나요? 같이 줄을 서면 되는 건가요?"

한 인물이 머뭇거리며 라피니아 앞으로 걸어 나왔다.

고양이 귀와 꼬리가 달린 긴 머리의 수인종 소녀였다.

청초한 인상이 돋보이는 인물로, 기사 아카데미의 교관용 복장을 두르고 있었다.

"아루루 선생님……! 네, 같이 서시면 돼요!"

라피니아가 빙그레 웃으며 고개를 끄덕였다.

아루루는 원래 인접국 베네픽에 소속되어 있던 하이랄 메나스였다.

연인이자 특급 마인의 소유자인 로슈폴 장군을 따라 왕도 카이랄을 침공했지만, 잉그리스에게 격퇴당하면서 로슈폴과 함께 포로가 되었다.

로슈폴은 불치병에 걸려 생명의 불꽃을 불태우던 상태였다.

하지만 잉그리스가 만병통치약인 후페일베인의 고기를 먹여줌으로써 극적으로 회복되었다.

그리하여 기사 아카데미가 휴가에 들어가기 며칠 전, 아루루와 로슈폴은 아카데미에 교관으로 취임하게 되었다. 잉그리스도 이미 그들과 몇 차례 훈련을 함께했다.

로슈폴과 다시 한번 싸우고 싶다는 잉그리스의 제안이 받아들여진 결과였다.

단, 문제가 발생하면 책임을 지라는 국왕의 의도가 밑바닥에 깔려 있었다.

역시 칼리아스 국왕은 대화가 통하는 왕이었다.

또한, 소문의 기사단 설립까지 고려하면 국왕의 인선에는 훨씬 복잡한 의도가 숨겨져 있음을 미루어 짐작할 수 있었다.

잉그리스도 아루루, 로슈폴과 함께 훈련할 수 있어 만족이었다.

"고맙습니다! 로스도 이쪽으로 와서 서요! 엄청 귀여워요!"

"이거 원⋯⋯. 나는 배가 고프다고."

아루루가 손짓하자 붉은 머리의 청년 로슈폴이 말했다.

이쪽도 기사 아카데미의 교관용 제복을 입고 있었다.

로스 로슈폴. 로슈폴의 풀 네임이었다.

잉그리스 일행은 로슈폴 선생님이라고 불렀지만, 아루루만은 이름으로 그를 불렀다.

"밥이라면 언제든지 먹을 수 있잖아요! 이렇게 귀여운 잉그리스를 안아볼 기회는 지금밖에 없다구요!"

"글쎄? 어차피 방과 후에는 실전 훈련이니 뭐니 하면서 종일 시달리게 될 텐데. 그때 안아주면 되잖아?"

"안 돼요! 자, 얼른 가요!"

소심하고 얌전한 아루루치고는 보기 드물게 강경한 태도였다.

"하아⋯⋯. 뭐, 어쩔 수 없지."

한숨을 내쉬며 어깨를 으쓱이는 로슈폴이었지만 묘하게 기뻐 보였다.

아루루가 적극적으로, 심지어는 신이 나서 행동에 나섰기 때문일지도 몰랐다.

이러니저러니 해도 로슈폴은 아루루한테 물렀다.

아니, 아루루뿐만 아니라 잉그리스 일행에게도 무른 편이었다. 매번 훈련에 어울려 주는 것만 봐도 알 수 있었다.

의외로 교관 체질인 걸지도 몰랐다.

"로슈폴 선생님도 오셨군요! 크리스! 손님 한 명 추가요♪"

"여기가 무슨 가게도 아니고……."

그렇게 희망자 전원과 포옹을 마친 뒤, 잉그리스와 라피니아는 고대하던 아침 식사를 시작했다.

우물우물! 쩝쩝! 와구와구!

"음~! 식당 밥은 역시 맛있어! 제2의 고향이랄까!"

"그러게. 별로 오래 떠나있지도 않았는데 그리운 느낌이 나네."

라피니아와 그녀의 무릎에 앉은 잉그리스가 테이블 위의 요리들을 무서운 속도로 먹어치워 나갔다.

"어, 어린애가 됐어도 저 식성은 여전하네요……."

"내, 내 말이…… 위장이 어떻게 생겨먹었길래……."

레오네와 리제롯테는 잉그리스가 식사하는 모습을 보고 경악했다.

"아니, 그렇지도 않아……!"

잉그리스가 날카로운 눈빛으로 말했다.

그러고는 움켜쥐고 있는 포크로 눈앞에 놓인 튀김을 집으려 했다.

하지만 팔의 길이가 부족했다. 잉그리스가 팔을 더 뻗어서 튀김을 찍으려던 순간.

스윽.

라피니아가 손을 뻗어 튀김을 가로채 버렸다.

"아앗! 라니, 그 튀김은 내 건데……!"

"힉하는 던해히하! 빠흔 사하히 힘다! (식사는 전쟁이야! 빠른 사람이 임자!)"

"으으으⋯⋯! 치사해⋯⋯!"

팔이 짧아서 라피니아의 무릎에 앉아있다 보니 경쟁에서 자꾸 밀리고 말았다.

"싸, 싸우지들 마. 요리는 아직 잔뜩 남아있잖아."

테이블 반대편에 앉아있는 레오네가 잉그리스를 달랬다.

"그렇지만 먹고 싶은 순서가 있단 말이야⋯⋯! 지금은 튀김을 먹고 싶었는데!"

라피니아와 잉그리스는 어릴 적부터 줄곧 함께 지냈기 때문에 비슷한 음식 취향을 가지고 있었다.

그래서 때때로 음식 쟁탈전이 발생하곤 했다.

"그, 그래? 그러면 이쪽에 앉아서 먹을래? 좀 더 먹기 편할 거야."

"응. 그럼 그럴게."

잉그리스는 라피니아의 무릎에서 폴짝 뛰어내렸다.

"실례합니다."

양해를 구하고 레오네의 무릎에 올라가는 잉그리스.

"그래, 어서 와."

레오네도 내심 잉그리스를 무릎에 올려놓고 싶었던 건지 기뻐 보였다.

"끄응⋯⋯ 안 닿네."

이번에도 튀김을 집으려 했지만 닿지 않았다.

"자, 내가 집어줄게. 잉그리스."

"고마워, 레오네."

레오네는 상냥했다.

식사 중에는 라피니아의 무릎 위보다 레오네의 무릎 위가 좋다는 생각마저 들었다.

라피니아의 무릎에 앉아있으면 먹고 싶은 음식이 겹칠 때 무조건 패배하고 만다. 역시 밥상 위 쟁탈전에서 팔 길이는 승패를 가르는 중요 요인이었다.

"음, 맛있어······!"

레오네가 집어다 준 요리를 하나둘씩 입으로 가져가는 잉그리스.

라피니아의 방해 없이 경쾌한 페이스로 식사가 잔행되었다.

다만, 사소한 문제가 있었다.

"······으음······."

"응? 왜 그래, 잉그리스?"

"그게······."

잉그리스가 레오네를 돌아보았다.

물컹.

얼굴이 레오네의 가슴에 파묻히고 말았다.

딱히 의도한 건 아니었다.

"미, 미안. 레오네······."

"괜찮아. 신경 쓰지 마."

하지만 잉그리스는 죄책감을 느끼지 않을 수 없었다.

지금처럼 대여섯 살짜리 어린애라면 당연히 용서해 주겠지만, 늙은 할아버지가 똑같은 짓을 했다면 비명을 지르며 뿌리쳤을 것이다. 틀림없었다.

방금 느꼈던 사소한 문제가 바로 이것이었다.

레오네의 가슴이 너무 컸다.

잉그리스가 무릎에 앉아서 기지개를 켜거나, 등을 기대면 커다란 가슴이 몸에 닿았다. 그래서 자세가 자꾸만 앞으로 기울어졌다.

가슴의 감촉을 즐길 정도로 뻔뻔하다면 천국이 따로 없겠지만, 잉그리스는 그러지 못했다.

게다가…….

출렁, 출렁, 출렁.

조금 전부터 가슴이 제멋대로 흔들렸다!

"앗……! 그, 그만둬……! 꺄악!"

린이 레오네의 가슴골 사이에서 얼굴을 불쑥 내밀었다.

그러고는 잉그리스를 향해 고개를 가로저었다.

"아아, 레오네는 린 전용이라는 건가? 방해해서 미안해."

잉그리스가 작아진 상태였기에 큰 가슴을 좋아하는 린을 받아 줄 사람은 레오네밖에 없었다. 느긋하게 쉬고 있는데 잉그리스가 방해했다고 여긴 모양이었다.

"으으……. 지금의 잉그리스가 귀엽긴 하지만 한편으론 얼른 원래대로 돌아와 줬으면 좋겠어……."

레오네가 한숨을 내쉬었다.

그 말대로 이 상태가 계속된다면 린은 레오네의 가슴 속에서만 지내게 될 것이다.

"이, 이해해. 나도 조금만 더 이대로 남아있고 싶어지네."

"너무해……! 빨리 원래대로 돌아와서 역할 분담 해 줘!"

레오네가 원망스럽다는 듯이 잉그리스를 바라보았다.

"아하하…… 노력해 볼게. 라니도 저절로 돌아왔으니 나도 조만간 원래대로 돌아가겠지."

"아니면 제 무릎에 앉으실래요, 잉그리스?"

레오네 옆에 앉아있던 리제롯테가 자신의 무릎을 툭툭 두드렸다.

"응, 이번엔 그쪽으로 가볼까."

"네! 얼른 오세요!"

리제롯테가 기쁜 얼굴로 말했다.

"그러면 제가 요리를 집어다 드릴게요 ♪"

리제롯테는 들뜬 동작으로 요리를 가져다주었다.

라피니아처럼 잉그리스의 음식을 가로채지도 않았고, 레오네처럼 가슴이 엄청 크지도 않았다.

"음. 여기가 제일 편한 것 같네."

"앗, 그런가요? 그럼 한동안은 저하고 같이 식사하기로 해요!"

리제롯테는 때때로 잉그리스의 머리를 쓰다듬고, 와락 끌어안았다.

식사하는 잉그리스에게 방해가 되지 않도록 주의를 기울였기에 불편한 점은 없었다.

역시 리제롯테의 무릎 위가 제일 편했다.

"라피니아 씨도 작아졌었다고 했죠? 그 모습도 보고 싶었는데."

리제롯테는 아쉬운 눈치였다.

"맞아. 엄청 귀여웠어."

레오네가 미소 지으며 말했다.

"아까운 걸 놓쳤네요. 저도 아르멘 마을에 갔다면 좋았을 텐데."

"하지만 보고 싶지 않은 것도 봐버렸는걸."

라피니아가 대꾸했다.

"……불사자 말이군요."

"응. 엄청나게 징그럽고 흉측하게 생겼어. 밥을 먹으면서 할 얘기는 아냐……."

그 사건 이후, 잉그리스 일행은 아르멘 마을에 체재 중이던 세오도어 특사와 밀리에라 교장에게 자세한 내용을 보고했다.

웨인 왕자의 귀에도 들어갔을 것이다.

아르멘 마을의 기사들을 통해서 현지 조사가 진행 중이었다.

"하지만 그것까지 포함해서 한 말이에요. 친구가 위험에 빠졌는데 도와주러 가지 못한 게 너무 분해요."

"리제롯테…… 고마워."

잉그리스와 라피니아도 상냥하게 웃으며 고개를 끄덕였다.

"천만에요. 그나저나 불사자라……. 실제로는 찾아보기 힘든 존재인 거죠?"

"맞아. 굉장히 희귀한 마인무구나 하이랜더의 마법으로 만들어졌을 거야."

"하지만…… 아무리 생각해도 제가 봤던 것하고 비슷하네요."

리제롯테가 복잡한 표정을 지었다.

"뭐어?! 리제롯테도 불사자를 봤어?!"

라피니아가 벌떡 일어나 물었다.

"무, 무사해서 다행이다……!"

레오네는 가슴을 쓸어내렸다.

"응, 다행이야. 어떤 상황이었는지 가르쳐 줄래?"

"네. 불사자에 대한 특징은 여러분께 들은 게 전부라 단정할 수는 없지만……."

리제롯테는 그렇게 운을 뗀 다음 휴가 중에 있었던 일을 이야기하기 시작했다.

◆ ◇ ◆

왕도 카이랄. 왕성의 대회의실.

프리즈마 타도를 기념한 축제가 마무리되고, 왕성에서는 각지의 유력 제후들이 모여서 연일 회의를 이어나가고 있었다.

카이랄을 침공해 온 베네픽과 알카드에 대한 앞으로의 대응을 의논하기 위해서였다.

마침 축제로 제후들이 왕도에 모여있었기에 회의를 개최하기에 적절한 시기였다.

리제롯테는 회의에 출석 중인 아버지, 아르시아 공작의 호위역을 수행하고 있었다. 재상직을 내려놓은 아버지지만 여전히 카랄리아 서부 연안 일대에 광대한 토지를 보유한 공작이었다.

아르시아 공작은 휘하에 기사단을 거느리고 있고, 유능한 기사도 많았지만, 리제롯테가 먼저 동행을 자처했다.

어머니가 먼저 타계하고 부녀만 남은 이 가족에게는 이것도 일종의 단란한 시간이었다.

한편 이날의 의제는 베네픽에 대한 추후 대응에 관해서였다.

"이미 사절을 보내 사과하고, 프리즈마 공방전에서도 지원해 준 알카드라면 또 몰라도 베네픽 놈들을 용서할 수는 없습니다! 놈들은 과거에도 이미 몇 번이나 우리나라를 침공해 수많은 피해를 냈습니다! 이번에도 왕도를 직접 침공해 놓고 사과 한마디 없지 않습니까! 성기사단의 보고에 따르면 프리즈마를 풀어놓은 것도 결국 놈들의 소행이라더군요!"

현 재상인 리그리프 공작이 언성을 높여 말했다.

아르시아로부터 재상직을 이어받은 인물이었다.

"하지만 리그리프 재상……. 얼어붙은 프리즈마를 국경 지대에 이송시킨 것도 우리다. 그 행동이 베네픽을 자극했을 가능성도 부정할 수 없지. 그러니 책임은 우리에게도 있다. 가장 책임을 져야 할 사람은 그 계획을 입안한 나지만 말이야……."

웨인 왕자는 나지막이 이야기를 마친 뒤 눈을 감았다.

뜨거워진 리그리프 재상을 진정시키기 위함인 듯했다.

"어쩔 수 없었잖느냐. 당시 프리즈마는 봉인된 상태로도 마석수를 소환하여 피해가 확대되던 상황이었다. 만약 프리즈마가 우리 왕도가 아닌 베네픽 쪽을 침공했다면 서로 화해할 기회가 되었을지도 모른다. 결과적으로 우리 측의 재앙이 되고 말았다만, 잉그리스의 도움을 받아 무사할 수 있었지. 그러니 네게 책임을 물을 생각은 없다, 웨인."

이번에는 칼리아스 국왕이 웨인 왕자를 타일렀다.

"아버지…… 면목 없습니다."

"웨인 왕자님께 책임을 묻겠다는 이야기가 아닙니다! 우리 왕국은 실제로 프리즈마의 침공을 받았고, 그로 인해서 많은 백성이 목숨과 재산을 잃었습니다!"

리그리프 재상의 영지는 베네픽과 인접한 카랄리아 동부 지역에 있다.

공작이라는 지위에 걸맞게 동부 지역에서는 가장 커다란 영지를 보유하고 있었다.

그리고 그의 영지가 프리즈마의 침공을 받은 것은 틀림없는 사실이었다.

"이건 재상이기 이전에 베네픽과 인접한 영토를 가진 영주로서 드리는 부탁입니다! 부디 빼앗긴 것을 도로 가져올 기회를 주십시오! 다행히 프리즈마와의 전투는 예상보다 훨씬 적은 피해로 끝났습니다. 베네픽에 진격을 허락해 주십시오! 과거 때문이 아니라 미래의 화근을 잘라내기 위함입니다!"

리그리프 재상이 외치자 이에 동의하는 제후들도 소리를 높이기 시작했다.

"국왕 폐하! 웨인 왕자님! 리그리프 재상님의 말씀이 맞습니다!"

"저희 영지도 큰 피해를 입었습니다! 그만큼의 대가를 받아내지 않으면 백성들도 납득하지 않습니다!"

"다행히 왕도를 침공해 온 베네픽군은 격퇴되었습니다! 지금이라면 전력이 크게 저하되었을 터! 이건 기회입니다!"

""맞습니다!""

몇몇 영주들이 리그리프 재상의 의견에 동조했다.

얼굴을 보니 동부 지역에 영지를 소유한 자들이 대부분이었다.

동부 지역은 과거에도 수차례 베네픽의 침공을 받아왔기에 전통적으로 베네픽에 대한 적개심이 강했다.

그 적개심이 이번 사태로 정점에 달한 상태였다.

뒤쪽의 벽에 서서 아버지의 모습을 바라보던 리제롯테는 생각했다.

이대로 베네픽과 전쟁이 벌어지는 걸까?

리그리프 재상을 포함한 강경파 영주들의 심정도 이해는 되었다.

하지만 언제 또 프리즘 플로가 내리고, 언제 또 프리즈마가 탄생해 사람들을 습격할지 모르는 일이다.

이런 상황에서 지상의 사람들끼리 전쟁을 해도 괜찮은 것일까.

물론, 베네픽에게 직접 피해를 받은 동부 지역의 영주들에게는 마석수나 베네픽이나 다를 바 없는 존재일 터였다.

리제롯테가 베네픽 침공에 찬동하지 못하는 것도 직접 피해를 받은 적 없는 서부 지역 공작가의 일원이기 때문일지도 몰랐다.

하지만 프리즈마와 사력을 다해 싸운 입장에서 말하자면, 이번 전투에서 손실이 적었다는 이유로 베네픽을 침공하자는 말은 찬성하기 힘들었다.

모두가 힘을 합쳐 프리즈마와 싸운 것은 전쟁을 벌이기 위해서가 아니었다.

"저희는 전쟁을 벌이기 위해서 싸웠던 게……."

호위가 입을 여는 건 엄격히 금지되어 있었지만 무심코 목소리가 흘러나오고 말았다.

함께 싸웠던 동료들의 얼굴이 머릿속에 떠올랐다.

레오네도, 라피니아도, 프람도, 라티도 똑같은 말을 했을 것이다.

그리고 잉그리스의 얼굴이 떠올랐다.

"으……."

리제롯테는 현기증을 느꼈다.

잉그리스라면 "와, 전쟁이다! 그러면 제가 선봉에 설게요!"라고 말하며 신나게 뛰쳐나갔을 것이다.

라피니한테 맡겨두면 어떻게든 해줄 테니 그 부분은 깊게 생각하지 않기로 했다.

라피니아의 대단한 점은, 기사의 능력도 출중하지만, 타고난 인간적 매력으로 잉그리스를 완전히 제어하고 있다는 점이다.

잉그리스는 무력도, 지력도, 심지어 외모까지도 다른 사람들과는 차원을 달리하는 존재였다.

성격도 특별히 모난 부분은 없었다. 기본적으로 상냥하고, 주변을 배려할 줄도 알았다.

하지만 세상에 완벽한 인간이란 없는 법. 잉그리스는 강함을 추구하는 성향이 워낙 강해서 선악의 구분을 뒷전으로 미루기 일쑤였다.

내버려 두면 순식간에 탈선해 버릴 게 분명했다.

라피니아가 이런 부분을 꽉 잡고서 잉그리스를 올바른 길로 이끌어 주고 있었다.

"……아가씨. 기분이 안 좋으신가요? 그렇다면 별실에서 휴식을 취하시는 편이…….."

20대 중반 정도의 여성이 리제롯테에게 말을 걸었다.

아르시아 공작가가 거느린 시아로트 기사단의 기사단장, 라이자였다.

실제 나이는 겉모습보다 많다고 들었지만, 정확한 나이는 가르쳐줄 생각이 없는 모양이었다.

라이자는 리제롯테에게 무술을 가르쳐준 스승이었다.

리제롯테가 아르시아 공작의 호위를 맡을 수 있었던 것은 사실 라이자가 동행해 주었기 때문이었다.

"아뇨, 괜찮아요. 걱정해 줘서 고마워요."

웃으면서 대답한 리제롯테는 다시 회의에 집중했다.

칼리아스 국왕과 웨인 왕자는 전쟁에 적극적인 편은 아니었다. 하지만 과연 베네픽을 침공하는 쪽으로 기울어진 동부 제후들의 의견을 억누를 수 있을까?

리그리프 재상의 의견에 찬동하는 목소리만이 계속해서 불거져 나왔다.

"……아니. 나는 반대일세."

그런데 그때, 누군가가 달아오른 분위기에 찬물을 끼얹었다. 바로 리제롯테의 아버지, 아르시아 공작이었다.

여태껏 묵묵히 회의를 지켜보고 있던 아르시아 공작에게 모든 이들의 시선이 집중되었다.

"아르시아 공작! 서부를 다스리는 귀공에게는 남일처럼 들릴지도 모르지만, 우리는 실제로 커다란 피해를 받았단 말이오! 베네픽 놈들에게 갚아주기 전까지는 만족할 수 없소!"

리그리프 재상이 아르시아 공작을 노려보았다.

"맞습니다, 아르시아 공작!"

"동부를 위해 군비와 병사를 내놓기 아까우신 겁니까!"

"그건 너무 박정한 처사라 생각되오만!"

동부 제후들이 일제히 리그리프 재상을 편들었다.

"당신네 시아로트령의 지원 따윈 바라지도 않겠네! 우리 리그리프 공작가의 기사단이 토벌군의 중심에 서겠소! 성기사단과 근위기사단의 지원만 있으면 충분합니다, 폐하!"

""오오……! 역시 리그리프 재상님!""

하지만 아르시아 공작은 다수의 영주들을 상대로도 냉정하게 받아쳤다.

"이번 사태에서 동부 지역이 받은 피해는 프리즈마에 의한 것이지 베네픽에 의한 것이 아니오. 베네픽에 피해를 입은 것은 오히려 공중전함의 습격을 받은 왕도 쪽이지. 굳이 언급할 필요도 없지만, 왕도는 왕가의 직할령. 그 피해를 어떻게 수습할지는 국왕 폐하와 웨인 왕자님께서 결정하실 사항 아니겠나?"

"윽……?! 그러면 귀공은 우리더러 억울하게 참고만 있으라는 소린가?"

"……그리 말할 생각은 없네만, 그대들의 태도가 불손하다는 점은 지적하고 싶군."

"뭐라고……?!"

""그게 무슨 소리요, 아르시아 공작!""

"베네픽을 침공하겠다고 부르짖기 전에, 베네픽군이 자네들 영토를 통과해 왕도까지 도달하게 만든 실태를 부끄러워해야 하는 것 아닌가? 국왕 폐하는 하마터면 목숨을 잃을 뻔하셨네. 주군의 목숨을 위험에 처하게 한 죄는 절대 가볍지 않다고 보네만."

"큭……?!"

""그, 그건 확실히…….""

""우리 측의…… 하지만…….""

아르시아 공작의 날카로운 지적에 강경파 영주들이 의기소침해졌다.

““과연……. 아르시아 공작님의 말씀이 맞습니다.””

““아무리 프리즈마의 침공이 있었다지만…… 간과할 수 없는 일이지요.””

다른 지역을 다스리는 영주들이 아르시아 공작의 의견에 찬동했다.

“됐다. 다 지난 일이니……. 짐은 이렇게 멀쩡히 살아있다. 그 건은 불문에 부치겠다.”

“……신하를 대표해 국왕 폐하의 관대한 처우에 감사드립니다.”

아르시아 공작이 칼리아스 국왕에게 머리를 깊이 숙였다.

“……멋대로 우리를 대표하지 마라! 폐하! 정말로 죽을죄를 지었습니다!”

““죽을죄를 지었습니다!””

리그리프 공작과 동부 제후들도 뒤따라 고개를 숙였다.

“괜찮네, 괜찮아. 우리가 항상 주시해야 할 것은 과거가 아니라 미래일세.”

칼리아스 국왕은 너그러운 목소리로 신하들의 사죄를 받아들였다.

이를 기점으로 회의실의 분위기는 완전히 반전되었다.

여전히 베네픽에 대한 논의가 이어지고 있었지만, 전쟁을 하자는 의견은 자취를 감추고 말았다. 그리고 이 흐름을 끌어낸 것은 명백히 아르시아 공작의 수완이었다.

리제롯테는 아버지의 수완을 눈앞에서 지켜보며 순수한 감탄과 자랑스러움을 느꼈다.

전쟁이 일어나는 건 역시 싫었다. 그렇기에 아버지가 앞장서서 전쟁을 말려 준 것이 기뻤다.

"말씀드렸다시피 저는 국내 피해 복구에 진력할 때라고 생각하기에 파병에는 반대입니다만……. 일단은 빌포드 후작의 의견도 들어보고 싶군요. 만약 베네픽을 공격한다면 리그리프 공작가의 기사단을 주축으로 삼는다고 하더라도 다른 병력의 차출을 피할 수 없습니다. 특히 이번 프리즈마 공방전에서 무훈을 세운 자들을 포함하지 않을 수는 없겠지요. 그들 없이는 승리를 장담할 수 없으니 말입니다. 그리고 그들 대부분은 빌포드 후작가와 관련이 있는 자들입니다."

"흠……. 일리가 있군. 라파엘도, 라피니아와 잉그리스 양도 후작가의 식솔이니. 어떻게 생각하는지 의견을 들려줬으면 좋겠군."

웨인 왕자가 고개를 끄덕이며 빌포드 후작을 지목했다.

"아, 예, 왕자님……!"

설마 자신에게 화살이 돌아오리라고는 생각지 못했는지 빌포드 후작은 다소 당황한 눈치였다. 이곳처럼 엄숙한 자리에는 약한 걸지도 몰랐다.

리제롯테가 보기에 라파엘보다는 라피니아와 닮았다는 생각이 들었다.

회의가 시작되기 전에도 잠시 이야기를 나눠보았는데, 밝은 분위기의 영주님이었다.

"저희 유미르의 백성은 왕가의 충실한 신하입니다. 국왕 폐하와 왕자님의 결정이라면 베네픽이든 어디든 달려갈 것입니다. 이 사실에 거짓은 없습니다. 다만…… 부모로서 말씀드리자면 다들 마석수를 상대하는 마음가짐은 갖추었으나, 적국의 병사와 싸워 영토를 빼앗는 법은 가르친 적이 없습니다. 그 점이 다소 걱정되는군요. 라파엘이라면 몰라도 딸들은……."

리제롯테가 생각하기에도 라피니아가 잘 극복할 수 있을지 우려스러웠다. 다만, 잉그리스의 경우에는 별로 걱정할 필요 없을 것이다.

하지만 그 직후, 리제롯테는 중요한 사실을 깨달았다.

걱정이란 단어에는 여러 의미가 포함된 것이다.

라피니아는 베네픽과의 전쟁에서 마음의 상처를 입을 가능성이 컸다. 리제롯테도 이 점이 걱정이었다.

하지만 잉그리스는 전쟁에 내보내면 무슨 짓을 저지를지 몰랐다. 그러니 이것도 걱정이라면 걱정이었다.

빌포드 후작이 어떤 의미로 걱정이라는 표현을 사용했는지는 불명이지만, 어쨌든 걱정할 만한 일인 것은 사실이었다.

언어의 세계는 생각보다 심오했다.

"무엇보다, 다들 프리즈마와 격전을 치르고 힘들게 살아남았습니다. 한동안은 휴식을 취하게 해주고 싶은 것이 솔직한 심정입니다."

"그래……. 경의 의견은 잘 알았다. 따지고 보면 마석수가 출몰한 것도, 적국이 침공해 온 것도 아니니. 우리에게 선택지가 있는 만큼 병사들에 대한 배려가 필요할 테지."

웨인 왕자가 빌포드 후작의 말에 고개를 끄덕였다.

리그리프 재상은 그 모습을 보면서 분한 듯이 이를 갈았다.

"……하지만 리그리프 공작령을 포함해 동부의 백성들이 피해를 입은 것도 사실. 영주로서 그들에게 희망을…… 하다못해 베네픽의 위협을 무마할 만한 무언가를 요청하는 것은 지극히 당연한 권리다. 왕도에 적의 전함을 통과시킨 불명예를 만회하고 싶은 마음도 있었을 테지. 그 또한 충성심의 발로. 나는 기쁘게 생각한다."

웨인 왕자의 배려에 리그리프 재상도 조금 기운을 되찾은 모양이었다.

"그, 그렇습니다, 웨인 왕자님! 부디 저희의 충성심을 헤아려 주십시오!"

"……아버지, 괜찮으시다면 제 생각을 말씀드려도 되겠습니까?"

웨인 왕자가 칼리아스 국왕에게 물었다.

"알겠다. 말해보아라."

"예. 먼저 리그리프 재상은 베네픽 토벌군의 편성에 착수해 주었으면 합니다."

""오오……!""

리그리프 재상을 포함한 동부 지역의 제후들이 환성을 질렀다.

"다만 서두를 필요는 없습니다. 천천히, 실제 규모의 몇 배는 되어 보이도록 위장 공작을 펼치면서 준비를 진행합니다."

"흠……."

"그리고 한쪽에서는 베네픽과 교섭을 시도합니다. 일정 기간의 상호 불가침 조약을 기본 조건으로 말이죠. 가능하다면 알카드와 진행할 예정인 공동 방위 조약에도 참가시킵니다."

"베네픽이 이 조건을 받아들이지 않는다면 전쟁으로 이어지겠군……."

"피를 흘리지 않고 동부의 백성들을 안심시킬 수 있다면 그게 제일입니다. 하지만 교섭이 결렬된다면…… 리그리프 재상의 말에도 일리가 있습니다. 저는 세오도어 특사와 연계하여 베네픽과의 교섭을 시도해 보려고 합니다. 부디 허락해 주시길 바랍니다."

말하자면 강경책과 유화책의 절충안이라고 할 수 있었다.

리그리프 재상과 동부 제후들의 태도를 감안하면 그래도 가장 원만한 해결책일 것이다.

이들에게 전쟁 준비를 시키면서도, 결국에는 전쟁이 벌어지지 않도록 웨인 왕자가 발 벗고 뛸 속셈인 것이다.

군사적인 배경이 뒷받침된다면 교섭이 더 수월하게 진행되는 것도 사실이었다.

"……과연. 오늘은 밤도 깊었으니 이만 해산하기로 하지. 다들 하룻밤 동안 웨인 왕자의 안건에 대해서 고민해 보도록. 물론 다른 묘안이 있다면 내일 다시 들어보겠다."

칼리아스 국왕이 해산을 선언하면서 이날의 회의는 마무리가
되었다.

리제롯테는 마차를 타고 기존에 머물던 장소로 향했다. 아르시
아 가문이 왕도에 소유하고 있는 별장으로, 아르시아 공작이 재
상으로 일하던 시절에 사용하던 곳이다. 조용한 것을 좋아하는
아르시아 공작의 취향이 반영되어 주변에 건물이 없는 한적한 장
소에 세워져 있었다. 덕분에 왕성에서 조금 멀기는 했지만.

현재 마차는 저택 앞에 있는 숲속을 가로질러 나아가고 있었다.

리제롯테는 아르시아 공작과 라이자에게 프리즈마와 싸우면서
있었던 일과, 그전에 알카드에서 있었던 일, 기사 아카데미의 친
구들에 대해서 이런저런 이야기를 해주었다.

"그렇군요……. 고생이 많으셨네요. 그래도 좋은 친구를 사귀
어서 다행이에요. 평생의 친구를 얻기란 쉽지 않으니까요."

"네. 기사 아카데미에 입학하길 잘한 것 같아요!"

리제롯테가 환하게 웃으며 말하자 라이자도 미소로 화답해 주
었다.

하지만 아르시아 공작의 반응은 조금 달랐다.

"……확실히 실력도 늘고, 좋은 동료도 얻은 것 같구나. 하지만
아카데미의 학생에게 너무 무리를 시키는 건 아닌지 모르겠군.
듣다 보니 위가 쓰릴 지경이야……."

그렇게 말하면서 식은땀을 흘리고 있었다. 이렇게 보여도 걱정

이 많은 부모였다.

"후후……. 뭐, 항상 세오도어 특사님과 웨인 왕자님, 국왕 폐하의 허락을 얻어서 행동하고 있으니 걱정하실 거 없어요."

"이거 원, 폐하도 무심하시지……. 그래도 이번 프리즈마 공방전에서의 네 활약은 자랑스럽게 생각한다. 나라를 지키느라 고생 많았다."

"시아로트 기사단에서도 아가씨의 활약을 듣고 한바탕 소란이 일었어요. 가장 기뻐했던 건 저지만요. 무술 스승으로서 어깨가 으쓱하네요."

아르시아 공작과 라이자가 리제롯테의 어깨를 툭툭 두드렸다. 리제롯테도 기뻤다.

"고맙습니다. 앞으로도 열심히 할게요."

리제롯테가 웃으며 대답하자 라이자는 다소 걱정스러운 표정을 지었다.

"그나저나 베네픽과의 정세가 조금 걱정이네요. 혹시 정세가 악화해서 전쟁이 벌어지면 아가씨까지 리그리프 재상의 토벌군에 참가하게 되는 건 아닐지……."

"저도 조금 걱정이에요. 그래서 아버지가 리그리프 재상과 동부지역의 제후들을 진정시켰을 땐 안심했어요. 고맙습니다."

"됐다. 너를 위한 일이기도 하지만, 내가 옳다고 생각해서 한일이기도 하다. 너는 복잡한 생각 말고 성장에 전념하거라."

"네, 아버지."

"그런데 그때처럼 정면에서 대립각을 펼치면 문제가 되지 않나요? 리그리프 재상에게 원한을 살까 봐 걱정이에요. 반론은 빌포드 후작에게 양보하는 편이 낫지 않았을까요……?"

"괜찮다. 나는 이미 리그리프 재상에게 미움받고 있거든. 애초에 얼어붙은 프리즈마를 동부로 보내기로 했을 때 재상직을 맡았던 사람이 바로 나다. 그 결정을 말리지 않았던 나를 원망하고 있을 테지. 덧붙여 빌포드 후작은 권모술수와 거리가 먼 인격자라서 정쟁에는 어울리지 않아. 게다가……."

""게다가?""

"국왕 폐하와 웨인 왕자님이 전쟁을 꺼린다는 건 너희도 느꼈을 테지? 하지만 리그리프 재상의 말을 대놓고 무시하기는 힘들어. 이럴 때 폐하의 의지가 반영되도록 앞장서는 것이 왕가의 먼 친척인 공작가의 의무다. 공작가는 방패이자 그림자로서 왕가를 지탱해야 해. 잘 기억해 두거라, 리제롯테."

"네, 아버지."

"다만, 너희 말대로 오늘 무리를 좀 했던 건 사실이다. 오랜만에 국왕 폐하와 웨인 왕자님의 의견이 일치한 게 기뻐서 나도 모르게 말이 많아졌구나. 얼마 전까지 두 분은 하이랜드에 대한 방침을 두고 자주 충돌하셨지. 이번 일을 계기로 관계가 개선되면 좋겠다만……."

아르시아 공작이 잔잔한 웃음을 지으며 말했다. 하지만 반대로 라이자는 어두운 표정을 지었다.

"하지만 공작님, 이런 말씀을 드려도 될지 모르겠지만……. 그렇게 헌신한다고 저희 시아로트가 보답받을 수 있을까요? 예전에 아가씨가 혈철쇄 여단을 통해 얻은 정보에 의하면, 왕가는 하이랄 메나스와 교환하는 대가로 아르멘 마을과 시아로트를 헌상하기로 했다고……. 결과적으로 그런 일은 일어나지 않았습니다만, 솔직히 썩 내키지는……."

"라이자……."

"그 정보의 출처는 아마도 리그리프 재상일 것이다. 리그리프 재상이라면 충분히 그러고도 남았겠지. 방금 말했듯이 내게 원한이 있는 데다, 지금의 재상 지위를 다시 빼앗길까 봐 두려워하고 있거든. 나를 끌어내릴 기회만 호시탐탐 노리고 있겠지. 원래 국왕 폐하는 아르멘 마을과 노바를 헌상하려고 하셨다더구나. 양쪽 모두 왕가의 직할지지. 그렇게 생각하는 편이 더 자연스럽지 않겠느냐? 직할지라서 하이랜드에 넘겨줘도 괜찮다는 뜻은 아니지만 말이다. 아마도 리그리프가 폐하 모르게 교섭 내용을 바꾸려 했을 게다."

"그렇군요……. 잘 알았습니다. 건방진 말씀을 드려 죄송합니다."

"그래도 알게 돼서 다행이에요! 사실은 저도 마음에 걸렸……."

하지만 리제롯테는 말을 끝맺지 못했다. 바깥에서 커다란 소리가 끼어든 탓이었다.

"우와아아아아아악?!"

"누구지?!"

"적습이다! 라이자 단장! 적습입니다!"

채앵! 채앵!

바깥에서 검이 맞부딪치는 소리가 들려왔다.

"······?! 매복인가 보군요······!"

라이자의 표정이 심각하게 돌변했다.

"재상직을 내려놓고 나서는 처음이군······. 딱히 드문 일도 아니지. 반대파인 나를 제거하고 베네픽과 전쟁을 벌이려는 자들의 소행인가······?"

"아버님. 그 말씀은······!"

"정치란 건 결국 자리에 남아있어야 할 수 있는 거란다."

"아가씨! 제가 반격하겠습니다! 공작님을 지켜주시겠어요?!"

"네, 그럴게요!"

"그럼 부탁드립니다!"

라이자가 마인무구를 움켜쥐고 마차의 문밖으로 뛰어내렸다.

라이자는 상급 마인무구의 소유자였고, 비록 능력은 다르지만, 그 형태는 리제롯테와 같은 할버드였다. 리제롯테의 무술 스승이라고 할 만했다.

"아버지, 저희는 가장 안전한 장소로 이동할게요! 제 손을 잡으세요!"

"그래······!"

리제롯테는 마차에서 내리면서 기프트를 발동시켰다.

순백의 날개가 힘껏 펄럭이며 리제롯테와 아르시아 공작을 상공으로 날려 보냈다.

여기까지 오면 상대도 직접 공격은 불가능했다.

밑에서 날아오는 원거리 공격만 주의하면 된다.

마차 안에 머물러 있는 것보다 훨씬 안전했다.

리제롯테는 밑에서 벌어지는 전투에 주의를 기울였다.

자객이 예닐곱 명 정도. 하나같이 검은 후드와 망토를 입고 있었다.

자객들은 마차의 앞뒤로 산개하여 마차를 포위한 상태.

마차를 호위하던 기사 중 하나가 부상을 입었고, 무사한 것은 라이자를 포함해 세 명이었다.

이 정도 차이라면 라이자가 어떻게든 수습해 줄 것이다.

"몹쓸 녀석들⋯⋯! 검을 들이댄 이상 살아 돌아갈 생각은 마라!"

라이자가 마차 전방에 포진한 자객에게 뛰어들어 할버드를 내질렀다.

깔끔한 솜씨로 하나둘씩 자객들을 쓰러트려 나가는 라이자. 리제롯테의 예상대로 머릿수의 차이는 큰 문제가 되지 않았다.

다만, 오랜만에 보는 라이자의 전투는 리제롯테의 기억과는 사뭇 달랐다. 기사 아카데미에 입학하기 전까지만 해도 라이자에게는 아직 한참 못 미친다고 생각했다. 실제로 대련해도 마찬가지였다.

하지만 지금 라이자가 싸우는 모습을 보면서 느낀 감정을 한마디로 표현하면…….

잉그리스 정도는 아니다, 였다.

싱글벙글 웃으며 무식한 수준의 훈련을 속행하는 잉그리스나, 자신에게는 이것밖에 없다고 주장하듯 훈련에 매진하는 레오네 정도는 아니지만, 리제롯테도 상당한 양의 훈련을 소화하고 있다.

지금의 이 느낌이 그 훈련의 성과일지도 몰랐다.

"후후…….'"

무심코 웃음이 흘러나왔다.

"음? 왜 그러느냐, 리제롯테."

"아, 아뇨……! 아무것도 아니에요."

나중에 시간이 비면 라이자와 대련해 보기로 했다.

바로 그때, 밑의 상황에 변화가 생겼다.

마차의 후방에 포진한 자객들이 일제히 리제롯테를 겨눈 것이다.

그들의 손에는 소형 크로스보우가 들려있었다. 하지만 마인무구는 아니었다.

사실, 마석수가 아니라 인간이 상대라면 굳이 마인무구를 사용할 필요는 없었다.

라이자와 겨루는 전방의 자객들도 일반적인 무기를 쥐고 있었다.

애초에 마석수는 안중에도 없는 암살 집단이라는 뜻이었다.

그러는 편이 물자 면에서도, 인건비 면에서도 싸고 효율적이었다.

"그렇다고 동료들의 목숨까지 일회용으로 취급할 필요는 없잖아요……!"

전방의 자객들은 이미 라이자에게 유린당하고 있었다.

하지만 나머지 자객들은 그런 동료들을 무시하고 이쪽을 노렸다.

합세해서 라이자를 포위하면 동료를 구할 수 있을지 모르는데도.

무사히 귀환하는 것보다 목표를 이루는 데만 초점을 맞춘 움직임.

본인들을 일회용으로 취급하는 것으로밖에 보이지 않았다.

"리제롯테, 피해라……!"

리제롯테가 가만히 멈춰서 자객들의 상태를 살피고 있자, 아르시아 공작이 다급히 외쳤다.

리제롯테가 가진 마인무구의 기프트는 순백의 날개를 통한 비행 능력이다.

따라서 화살이 날아오면 피해야 했다. 화살을 막을 수단이 없기 때문이다.

아르시아 공작이 그렇게 생각하는 것도 무리는 아니었다. 실제로 얼마 전까지의 리제롯테라면 피하고 보았을 테니까.

하지만 지금은 달랐다.

상대가 조준 사격으로 이쪽을 노리고 있다는 말인즉, 상대의 움직임이 멈추었다는 뜻이다.

"아뇨, 아버지! 괜찮아요!"

리제롯테가 용의 머리 형상을 한 할버드로 자객들을 겨누었다.

휘우우우우웅!

할버드 끝에서 푸른색의 맹렬한 눈보라가 뿜어져 나왔다.

눈보라는 날아오는 화살을 떨어트린 뒤, 멈춰 서있는 자객들을 덮쳤다.

"오오……?!"

"보셨죠? 괜찮아요!"

리제롯테는 할버드를 좌우로 움직여 눈보라를 사방으로 퍼트렸다.

자객들의 몸이 얼어붙으며 움직임이 서서히 둔해졌다.

날아오는 화살을 떨어트릴 정도로 강한 눈보라다. 당연한 결과였다.

리제롯테의 할버드에는 신룡 후페일베인의 드래곤 브레스가 깃들어 있는 것이다.

적들이 이렇게 얼어버리면 해치우는 것쯤 식은 죽 먹기였다.

오히려 얼어붙은 적을 깨트리지 않도록 힘 조절을 하는 게 더 어려울 정도다.

누구의 사주인지 알아내기 위해서라도 목숨은 살려놔야 했다.

"훌륭하세요, 아가씨!"

전방의 자객들을 제압한 라이자가 마차의 후방에 돌입했고, 리제롯테의 눈보라로 얼어버린 자객들을 손쉽게 쓰러트려 나갔다.

이것으로 승부는 났다. 이제 밑으로 내려가도 괜찮았다.

"라이자 말대로군. 잠깐 못 본 새에 성장했구나, 리제롯테."

"성장한 건 제가 아니라 마인무구지만요. 하지만 이 할버드는 어머니께 물려받은 유품……. 저와 일심동체인 셈이니 제가 성장했다고 봐도 될지도 모르겠네요."

리제롯테가 미소 지으며 말했다. 그러자 아르시아 공작도 고개를 끄덕여 보였다.

"샤를롯테도 그 말을 들으면 기뻐할 게다."

샤를롯테. 어릴 적에 떠나보낸 어머니의 이름이었다.

리제롯테가 물려받은 할버드는 기사였던 어머니가 애용하던 무기였다.

"아가씨, 지원해 주셔서 고맙습니다!"

라이자가 옆으로 달려와 말했다.

"천만에요. 제가 나서지 않아도 라이자라면 문제없이 쓰러트렸을 거예요."

"그래도 덕분에 빠르게 격퇴할 수 있었습니다. 방금 그게 새롭게 얻은 힘인가요? 대단하던걸요."

"고맙습니다. 기쁘네요."

리제롯테를 칭찬한 뒤, 라이자는 진지한 표정을 지었다.

"자, 그럼……. 급소는 피했으니 생존자를 몇 명 데리고 돌아가서 자백을 받아내야겠지요."

"아, 아아……. 역시 그렇게 되는군요."

자객들은 가혹한 취조와 고문을 받게 될 것이다. 마음이 썩 내키지 않았다.

"이해해 주시기 바랍니다, 아가씨. 저희도 목숨이 걸린 문제거든요."

"그렇죠. 역시 저는 마석수를 상대하는 편이 성미에 맞나 봐요."

"예, 그러면 충분합니다. 마인무구와 마인은 마석수를 물리치기 위한 것이니까요."

"……너무 질질 끌지는 마라, 라이자. 뛰어난 암살자들은 의뢰주를 누설하지 않는 법이다. 우리가 예상하는 의뢰주가 맞는다면 값싼 암살자를 보내지는 않을 게다. 가망이 없다고 판단되거든 적당히 숨통을 끊도록."

"알겠습니다."

라이자는 고개를 끄덕인 뒤 마차 앞쪽에 쓰러져 있는 자객에게 다가갔다.

그런데 그때, 리제롯테가 붙잡고 있던 할버드가 흔들흔들 움직이기 시작했다.

"어……?"

그러더니 할버드의 끝부분이 멋대로 라이자를 향했다.

리제롯테의 의사와는 전혀 무관한 현상이었다.

"할버드가 저절로 움직였어……?!"

아니, 진짜 문제는 따로 있었다. 이대로라면 눈보라가 뿜어져

나올 것이다.

"라이자! 위험해요! 거기서 물러나세요!"

"……!"

라이자가 리제롯테의 경고를 듣고 몸을 피한 순간.

"갸아아아아악!"

쓰러져 있던 자객이 벌떡 일어나 라이자를 향해 돌진해 왔다.

속도가 상당했다. 처음 라이자와 겨루었을 때와는 차원이 달랐다.

중상을 입어 피를 흘리고 있음에도 둔해진 기색은 전혀 없었다.

그리고 얼굴도 정상이 아니었다. 차마 인간이라고 표현하기 힘든 모습을 하고 있었다.

두 눈을 부릅떠 있었고, 칼날처럼 자라난 이빨은 짐승을 연상케 했다.

"뭐야……?!"

"저, 저게 대체 뭐죠……?!"

라이자와 리제롯테는 완전히 허를 찔리고 말았다.

하지만 운이 좋았다. 마침 라이자는 리제롯테의 경고를 받아 회피하는 중이었고, 리제롯테의 할버드도 공격할 준비를 마친 상태였다.

휘우우우우웅!

거센 눈보라가 기괴한 모습으로 변한 자객을 덮쳤다.

아무리 생각해도 정상이 아니었다. 이미 인간인 것 같지도 않았다.

마석수는 아닌 듯하지만, 어쩌면 비슷한 무언가일지도 몰랐다.

리제롯테는 자객이 완전히 얼어붙을 때까지 눈보라를 유지했다.

"감사합니다! 솔직히 말해서 아가씨가 제지해 주지 않았더라면 정말로 위험할 뻔했어요……! 면목이 없습니다……!"

라이자가 분한 듯 이를 갈았다.

"아, 아뇨……! 방금 건 우연이었어요. 그래도 라이자가 무사해서 다행이에요!"

리제롯테도 자객이 덤벼들 것을 예상하고 경고했던 게 아니었다.

할버드가 멋대로 움직여서 라이자를 겨누었기 때문이다.

아마도 드래곤 로어가 쓰러져 있던 자객으로부터 불길한 기운을 감지하고 반응한 것이리라.

하나부터 열까지 당혹스러웠지만 어쨌든 라이자를 구해내는 결과로 이어져서 다행이었다.

"그아……! 갸아아악……!"

"……! 아직도 움직인다고요?!"

눈보라를 뒤집어쓴 자객이 얼어붙은 상태임에도 그르렁거리는 소리를 냈다.

자객은 계속해서 움직이려 시도했고, 결국 얼음째로 금이 가더니 와르르 부서져 버렸다.

"앗……?! 저, 저게 무슨……! 정상이 아니에요……!"

"아픔도 공포도 느끼지 않는가 보군요! 인간이 아닌 것 같습니다!"

"기괴하군."

"주의해 주세요. 다른 자객들 역시 마찬가지일지도 모릅니다!"

라이자가 경고하기 무섭게 쓰러져 있던 자객들이 차례차례 달려들었다.

"""갸아아아아악!"""

라이자의 예상대로였다.

다들 방금 자객처럼 기괴한 분위기를 뿜어내고 있었다.

"그래도 기습을 당하지만 않는다면……!"

"예, 해치우죠! 제가 앞장서겠습니다!"

리제롯테는 부활한 자객들에게 눈보라를 날려 보냈다.

자객 중 하나를 제압하는 데는 성공했지만, 나머지 둘은 흩어져서 피해버렸다.

"……빠르군요!"

역시 인간일 때보다 움직임이 민첩해진 상태였다.

리제롯테는 할버드의 끝을 움직여 자객을 추적하려 했다.

"아뇨, 아가씨! 그대로 있어주세요!"

라이자가 리제롯테에게 말했다.

먼저 달려나간 라이자는 어느새 자객 중 하나를 앞지른 상태였다.

할버드로 자객의 옆구리를 꿰뚫은 라이자는 그대로 자객을 눈보라 속에 밀어 넣었다.

"앞으로 하나 남았어요!"

"맡겨 주십시오!"

그렇게 외친 라이자는 놀랍게도 자객의 몸을 방패 삼아서 눈보라를 뚫고 지나갔다.

덕분에 맞은편에 있던 또 하나의 자객에게 순식간에 다다를 수 있었다.

당연하지만 방패로 삼았던 자객은 눈보라 속에 남겨지고 말았다.

눈보라 때문에 잘 보이지는 않았지만 라이자의 창술과 몸놀림은 실로 대단했다.

리제롯테가 라이자를 보면서 느꼈던 자신감은 단순한 착각이었을지도 몰랐다.

그러는 사이 세 번째 자객도 라이자에 의해 눈보라 속에 처박히고 말았다.

이후의 상황은 아까와 동일했다. 자객들은 얼어붙은 채로 무리해서 몸을 움직였고, 결국 얼음과 함께 파괴되었다.

이걸로 마차 앞쪽에 있던 자객들은 전부 정리했다.

뒤쪽에 있던 자객들은 리제롯테의 눈보라를 맞았기 때문인지 아직 가세하지 못했다.

일제히 습격해 왔다면 상황이 악화했을 것이다. 운이 좋았다.

"아가씨! 후방으로 가시죠!"

"네, 알겠어요!"

리제롯테와 라이자는 남아있는 자객들을 소탕하기 위해 마차 뒤쪽으로 향했다.

◆ ◇ ◆

"결국 무사히 격퇴했지만, 포획은 실패했어요……. 그래도 레오네를 습격한 불사자와 비슷한 특징을 지닌 것 같아서요."

잉그리스는 리제롯테의 말을 듣고 고개를 끄덕였다.

"그런 것 같네."

"설마 아르시아 공작님도 표적이 되었을 줄이야……."

"불사자는 희귀한 존재라고 했지? 그런데 왜 여기저기 나타나는 거람."

"글쎄, 아르시아 공작을 노렸다고 단정할 수는 없어. 리제롯테를 노렸던 걸지도 몰라."

"……! 저를요……?!"

"응. 레오네와 리제롯테한테는 공통점이 있거든."

""공통점?""

"맞아. 프리즈마 공방전의 활약으로 이름과 얼굴이 널리 알려졌다는 점이야. 나는 레오네가 레온 씨나 오르파 가문 때문에 노려진 건 아니라고 생각해. 그게 동기였다면 진작에 노려졌을 테니까. 리제롯테 쪽에도 불사자가 나왔으니 가능성은 더더욱 희박

해지지. 리제롯테도 마찬가지야. 레오네가 불사자에게 노려졌으니 표적은 아르시아 공작이 아니라 리제롯테였을 가능성이 커."

"……설득력이 있네요."

"정확한 이유는 불명이지만, 프리즈마와의 싸움에서 공적을 쌓은 사람들을 노리고 있다는 건가……."

"있잖아, 크리스. 그럼 우리는……?"

"우리가 모르는 사이에 자객이 왔었을지도 몰라. 아니면 맞선을 통해서 자기 편으로 끌어들이려 했었던 걸지도 모르지."

유미르에 있는 동안 딱히 수상한 기척은 느껴지지 않았으니 아마도 후자일 것이다.

"만약 자객이 왔더라도 그 싸움을 봤다면 깜짝 놀라서 도망쳤을 거야……."

혹은 잉그리스와 라피니아가 어린애로 변해서 표적을 찾지 못했을 가능성도 있었다.

"원한다면 싸움에 끼워줬을 텐데."

"어휴, 고래 싸움에 새우 등 터질 일 있나……. 그쯤 되면 자객이 불쌍해."

"어쨌든 불사자가 우리를 공격해 올지도 모르니까 앞으로는 조심하도록 해."

잉그리스의 당부에 세 사람 모두 진지한 표정으로 고개를 끄덕였다.

그때, 근처에서 목소리가 들려왔다.

"자, 잠시만요 여러분……! 잠깐만 실례할게요! 방금 불사자라는 말이 들려서……! 혹시 불사자를 보신 건가요?!"

아루루였다. 그녀가 심각한 얼굴로 잉그리스 일행에게 물었다.

식사를 마치고 지나가던 도중에 우연히 들은 모양이었다.

"아루루 선생님……. 네, 휴가 중에 레오네와 리제롯테가 불사자의 습격을 받았어요……!"

라피니아가 아루루에게 대답했다.

"어, 어디서요……?!"

"저는 아르멘 마을의 자택에서요……!"

"저는 왕도에서였어요……!"

"아루루 선생님, 혹시 짚이는 인물이 있나요?"

잉그리스가 아루루에게 물었다.

"네, 있어요……! 로스……!"

아루루가 옆에 있던 로슈폴을 돌아보았다.

"그래. 그 녀석일지도 몰라."

로슈폴도 험악한 표정을 짓고 있었다.

"그 녀석……?"

"그래. 맥웰이라고, 나와 같은 베네픽의 장군이다. 베네픽은 프리즈마 침공 당시 카랄리아에 강습 부대를 침투시켰지……. 하지만 그건 우리 부대만이 아니었다."

"오오……! 마인무구로 불사자를 만들어내는 베네픽 장군이 존재한다는 말인가요……! 꼭 한번 만나보고 싶네요!"

"크리스! 기뻐하지 마! 큰일이라구!"

"아, 아하하……!"

"내용물은 하나도 안 변했네요……."

"이, 이런 사람은 처음 봐요……."

레오네와 리제롯테, 아루루가 쓴웃음을 지었다.

"베네픽이 패배하고 프리즈마도 격파돼서 베네픽으로 돌아갔을 줄 알았는데, 아직 카랄리아에 잠복해 있는 모양이군……. 그러고 보니, 최근 들어서 나와 함께 카랄리아에 도착한 몇몇 부하들의 행방이 묘연해졌지."

로슈폴의 눈이 날카로워졌다.

"이곳 생활에 적응하지 못하고 도망쳤다고 생각했는데…… 어쩌면 놈에 의해 불사자로 변해버린 걸지도 모르겠어……."

"서, 설마 아르멘 마을에서 저를 습격한 불사자들이……?!"

"……어디까지나 가능성이 있다 정도다. 그리고 너희가 죄책감을 느낄 필요는 없어. 습격한 자들로부터 자신의 몸을 지키는 건 당연한 권리지. 책임이 있다면 녀석들을 지키지 못한 내게 있겠지."

말투는 차분했지만 조용한 살기가 감돌았다.

상당히 화가 난 눈치였다.

"로스……."

"로슈폴 선생님……."

"로슈폴 선생님, 만약을 위해서 맥웰 장군의 인상착의를 가르쳐 주실 수 있을까요?"

"그래, 알았다……."

바로 그때, 식당에 굵고 쩌렁쩌렁한 목소리가 울려 퍼졌다.

"제군! 이제 곧 개학식이 시작될 거다! 서둘러 강당에 집합하도록! 웨인 왕자님과 세오도어 특사님의 훈시가 있을 예정이다……!"

마구스 교관의 목소리였다.

"웨인 왕자님과 세오도어 특사님이……? 계획표에 있었던가?"

"아뇨, 처음 들어요……."

"그만큼 중요한 이야기라는 뜻이겠지."

"이야기는 다음에 하자. 아카데미의 교사와 학생인 이상 개학식을 거를 순 없지."

의외로 근무 태도가 성실한 로슈폴이었다.

영웅왕,
극한의 무를 위해 전생하다
그리고 세계 최강의 견습 기사가 되다♀

잉그리스의 예상대로 웨인 왕자의 이야기는 굉장히 중요한 내용을 품고 있었다.

　간단하게 인사를 마친 뒤, 웨인 왕자는 곧장 본론에 들어갔다. 그것은 바로 새로운 기사단에 관한 이야기였다.

　"제군들도 이미 소문으로 들었을 테지만, 이번에 우리 카랄리아는 성기사단과 근위기사단에 이은 새로운 기사단을 창설하게 되었다. 신생 기사단의 이름은 바로…… 봉마기사단이다."

　""봉마기사단……?""

　"봉마기사단은 마석수를 토벌하고 그 위협으로부터 사람들을 지키는 것만을 목표로 한다."

　"마석수와 싸우는 것을 전문으로 하는 기사단이란 건가?"

　웨인 왕자의 설명을 들은 레오네가 혼잣말처럼 말했다.

　"사람 간의 전쟁에는 개입하지 않는다는 거지, 크리스?"

　"응, 맞아."

　"하지만 마석수 토벌이라면 이미 성기사단이 담당하고 있잖아요……? 성기사단과 활동 범위가 겹치지 않을까요……?"

　리제롯테의 의문은 이어지는 웨인 왕자의 말로 해소되었다.

　"그 대신, 봉마기사단의 활동 범위는 카랄리아로 한정되지 않는다……!"

　""네에에……?!""

경악하는 라피니아와 마찬가지로 다른 학생들도 크게 술렁거렸다.

"봉마기사단은 국경을 불문하고 마석수의 위협으로부터 사람들을 지키는 것을 목표로 한다……! 도움을 바라는 목소리가 들린다면 세계 어디든 달려갈 것이다! 이 나라뿐만이 아니라 지상의 모든 나라와 사람들을 위한 기사단이다!"

""지상의 모든……!""

""세상 사람들을 위한 기사단이라고……?!""

술렁임이 더욱 커지고, 열기를 더해가는 것이 느껴졌다.

성기사단은 어디까지나 카랄리아를 수호하는 존재였다.

따라서 봉마기사단의 활동 범위를 국내로 한정하지 않는다면 주된 활동 범위는 오히려 외국이 될 것이다. 국내에는 라파엘이 이끄는 성기사단이 떡하니 버티고 있으니까.

"자기 몸은 자기가 지켜야 하는 시대는 이제 끝났다. 하이랜드로부터 얻은 새로운 기술 덕분에 강력한 힘을 적재적소에 보내는 것이 가능해졌기 때문이다……! 이만한 기술을 일개 국가만을 위해서 사용할 이유는 없지. 봉마기사단은 도움을 바라는 모든 자에게 손을 뻗을 것이다……! 마인무구가 없어 프리즘 플로가 내릴 때마다 두려움을 느껴야 했던 자들에게도……!"

라피니아는 흥분을 금치 못하는 눈치였다.

"다시 말해, 알카드에 프리즘 플로가 내려서 강력한 마석수가 나타나면 우리가 지키러 달려갈 수 있다는 뜻이지……?! 크리스?!"

"후후…… 그런 것 같아."

라피니아는 이미 봉마기사단의 일원이라도 된 것처럼 떠들어 댔다.

잉그리스는 흐뭇하게 그 모습을 바라보았다.

웨인 왕자의 이야기는 라피니아의 정의감을 제대로 자극하고 있었다.

"멋지다……! 굉장히 좋은 아이디어 같아! 라티네가 또 위험해지면 도와주러 갈 수 있잖아! 그 외에도 곤경에 빠진 사람이 있으면 어디든지 달려갈 수 있어! 안 그래, 레오네……?!"

"맞아……! 플라이 기어에 플라이 기어 포트, 공중전함까지 있으니 불가능한 일이 아니야……!"

"그렇다면 알카드는 카랄리아를 침공할 이유 자체가 사라진 거네요. 무슨 일이 있으면 봉마기사단에 부탁하면 되니까요."

프리즈마에 의해 한 마을이 멸망한 적 있는 알카드는 하이랜드로부터 마인무구와 하이랄 메나스를 하사받으려 했다.

하지만 그러기 위해서는 막대한 물자가 필요했고, 자원이 풍족하지 못했던 알카드는 그 대가로 카랄리아를 침공하겠다는 조건을 수락해야 했다.

그런데 만약 봉마기사단이 존재한다면, 봉마기사단에게 퇴치를 의뢰하는 것만으로도 이 모든 문제가 해결될 것이다.

단, 봉마기사단을 나라에 들여도 괜찮다는 신뢰가 전제되어야 하겠지만.

영토를 빼앗을지도 모른다며 들여주지 않는다면 아무것도 할 수가 없다.

"봉마기사단은 국경을 불문하고 같은 뜻을 가진 자들로 구성될 것이다. 그리고 언젠가는 카랄리아로부터도 독립하여 독자적인 기구로 키워나갈 예정이다. 모든 나라가 힘을 합쳐서 세상을 지킬 방패를 만드는 셈이지. 프리즈마 감시라는 역할을 끝낸 아르멘 마을은 현재 봉마기사단의 활동 거점으로 새로 태어나려 하고 있다. 기사 아카데미도 이번 학기 중으로 아르멘 마을로 이동하여 대폭 확충될 예정이다. 각국으로부터 인재를 받아 봉마기사단의 중추를 구성하는 기사들을 육성해 나갈 계획이다."

"과연……."

즉, 모든 나라로부터 독립된 기사단을 만들겠다는 뜻이었다.

카랄리아의 세 번째 기사단이라기보다는 첫 번째 범국가적 기사단이었다.

일개 국가로는 감당하기 힘든 범위를 전 세계가 힘을 합쳐 지켜내는 광역 방위 체계.

그 토대가 되는 봉마기사단의 설립을 카랄리아가 나서서 주도하려는 것이다.

이건 오히려 알카드처럼 마석수 대응 능력이 부족한 나라에 유익한 이야기였다.

굳이 마석수를 처치할 수단을 갖추지 않더라도 봉마기사단이 지켜줄 테니까.

지상이라는 거대한 관점에서 봤을 때, 마석수 토벌 역량을 한 곳에 집중시킴으로써 인재와 무기를 훨씬 효율적으로 운용할 수 있게 되는 것이다. 마석수가 출몰하지 않는 동안에 놀고 있는 마인무구와 기사들을 곧바로 전장에 투입할 수 있다는 뜻이다.

"즉, 마인무구와 플라이 기어를 더욱 효율적으로 이용해서 지상을 지킬 수 있다는 거네. 하이랜드도 용인해 준 모양이고."

"좋은 거 맞지, 크리스? 응? 응?"

"맞아. 이 세상 어디에 프리즈마가 나타나더라도 달려가서 싸울 수 있다는 뜻이니까. 후후후…… 잘됐어."

잉그리스가 씨익 웃으며 말했다.

칼리아스 국왕은 국내에 프리즈마가 출현하면 잉그리스를 출전시켜 주기로 약속했다. 이것이 국경을 넘어 세계 레벨로 확대된다고 생각하면 정말로 훌륭한 일이 아닐 수 없었다.

"으음……. 그런 뜻으로 물어본 건 아니지만, 확실히 크리스한테는 잘된 일이겠네. 물어본 내가 바보지……."

라피니아가 질렸다는 듯이 말했다.

"다행히 북쪽의 알카드는 이 구상을 받아들여 봉마기사단의 활동을 승인하기로 약속했다. 쇠뿔도 단김에 빼라는 말이 있듯이 되도록 이른 시일 안에 봉마기사단의 기함을 알카드로 보내 실적을 만들고 싶다. 이를 통하여 봉마기사단이 각국의 인정을 받는 계기로 삼고자 한다."

알카드는 카랄리아에 빚이 있었다.

따라서 이해득실과 무관하게 봉마기사단의 활동을 받아들일 수밖에 없었을 것이다.

봉마기사단처럼 범국가적인 활동이 인정받기 위해서는 신뢰와 실적이 중요하다.

전례가 없는 만큼, 대부분 나라는 활동을 허락하지 않을 가능성이 컸다.

이들의 활동이 각 나라의 이익으로 이어진다는 실적이 없으면 널리 퍼지기 힘들었다.

알카드는 그 실적 만들기에 협력하고 있는 셈이었다.

일련의 사건들이 없었다면 알카드도 봉마기사단 같은 뜬금없는 계획을 받아들이지는 않았을 것이다.

웨인 왕자와 세오도어 특사는 이전부터 이 계획을 구상해 왔던 것일까. 그동안 실행할 기회만을 엿보고 있었던 걸지도 몰랐다.

확실히 실행하기에는 두 번 다시 없을 기회였다.

"하지만 성기사단과 근위기사단에서 인원을 충당할 수는 없다. 자국의 수호를 소홀히 해서는 다른 나라의 이해도 얻을 수 없겠지. 그래서 자네들에게 봉마기사단의 간판을 맡기고자 한다. 봉마기사단은 언젠가 각국의 사람들이 모여 크게 성장하겠지만 그 실마리는 자네들이 만들어 줬으면 한다. 특히 자네들 중에는 왕도의 동란과 프리즈마와의 전투에서 공적을 세운 정예들이 있다. 그들이 봉마기사단의 중심이 되어줄 것이다. 부디 이 구상의 참뜻을 이해하고 협력해 주길 바란다……! 부탁한다……!"

단상의 웨인 왕자가 학생들을 향해 머리를 숙였다.

짝짝짝짝짝!

학생들 사이에서 자연스럽게 박수갈채가 터져 나왔다.

"웨인 왕자님도, 세오도어 특사님도 대단하다……! 세상 사람들을 위한 것이 무엇인지 진지하게 고민한 결과구나!"

라피니아는 단상의 웨인 왕자와 세오도어 특사를 번갈아 쳐다보면서 열렬한 박수를 보냈다.

"응……! 우리가 도움이 된다면 협력해 드리고 싶어!"

"이 세상의 사람들을 지킨다니……! 이상을 실현하려는 의지가 느껴져요……!"

레오네와 리제롯테도 눈을 반짝였다.

이윽고 웨인 왕자와 함께 단상에 서 있던 밀리에라 교장이 앞으로 나와 말했다.

"간단하게 설명해서, 지금까지의 특별 과외 학습을 봉마기사단이라는 이름의 활동으로 대체한다고 보시면 돼요. 앞으로는 두 발로 열심히 뛰어다니면서 세계를 지키게 될 거예요! 다 함께 힘내봐요! 와아!"

""와아아~!""

학생들이 환하게 웃으며 큰 소리로 외쳤다.

잉그리스도 웃으면서 주먹을 높이 치켜들었다.

"후후후후…… 기대되네요. 후후후……."

프리즈마와 싸울 기회를 세계 규모로 제공해 주다니 고마웠다.

게다가 이외에도 여러 가능성이 엿보였다.

"크리스는 다른 의미로 기대하는 거잖아!"

"너, 너무 뭐라고 하지는 말자. 프리즈마가 나타나면 결국 쓰러 트리기는 해야 하니까……."

"마, 맞아요……. 잉그리스와 아루루 선생님은 힘은 필수니까 요. 의욕이 없는 것보단 낫죠."

에리스와 리플은 성기사단 소속이기에 봉마기사단 활동에 늘 따라다닐 수 없지만, 기사 아카데미의 교관인 아루루는 그렇지 않았다.

오히려 여기까지 내다보고 아루루와 로슈폴을 기사 아카데미 의 교관으로 채용한 걸지도 몰랐다.

잉그리스에 대한 포상인 것만은 아니었던 셈이다.

애초에 로슈폴과 아루루를 성기사단이나 근위기사단에 채용했 다면 그건 그것대로 문제가 많았을 것이다. 베네픽군과 싸워야 하므로 본인들도 부담스러웠을 것이고, 베네픽을 자극할 위험도 있었다.

반대로 봉마기사단이라면 싸우는 대상이 마석수로 한정된다. 게다가 카랄리아뿐만 아니라 전 세계를 무대로 하기에 간접적으 로는 베네픽을 위한 활동으로도 이어졌다.

또한, 로슈폴과 아루루의 존재는 봉마기사단이 국적을 불문한 인재들이 모여 결성된 단체라는 설립 이념에 설득력을 불어넣어 줄 것이다.

잉그리스가 프리즈마를 격파한 전적이 있기는 하지만, 결국 하이랄 메나스의 힘을 빌려서 미뤄낸 성과였다.

따라서 현시점에서 아루루의 존재는 필수 불가결하다고 할 수 있었다.

종합하면 전력적인 측면에서도, 봉마기사단의 상징으로서도 더할 나위 없는 인재들이었다.

잉그리스가 보기에도 감탄할 만한 인선이었다.

"리제롯테의 이야기를 들어보니 국왕 폐하와 웨인 왕자님은 베네픽과의 전쟁을 꺼리는 눈치였어. 애초에 베네픽이 카랄리아를 침공하는 이유는 국토가 황폐해서 충분한 마인무구를 확보하지 못했기 때문이야. 그러니 봉마기사단을 교두보로 삼아서 마석수 퇴치에 협조한다면 불가침 조약을 맺는 것도 불가능하진 않아. 즉, 카랄리아를 침공하지 않아도 된다는 메시지를 말이 아니라 행동으로 보이려는 거라고 생각해."

"베네픽과의 평화로 이어지는 열쇠도 우리가 쥐고 있다는 뜻이군요."

"맞아. 어찌 됐든 최대한 빨리 성과를 내는 수밖에 없어. 서두르지 않으면 리그리프 재상이나 동부 지역의 원정군이 준비를 마치고 침공을 개시할 테니까. 국내의 불만을 억누르는 데도 한계가 있거든……."

"그렇군요. 잉그리스의 말대로예요."

"그리고 만약 교섭이 실패해서 베네픽과 전쟁이 벌이더라도 봉마기사단이라는 이름이 기사 아카데미를 지켜줄지도 몰라. 봉마기사단 활동이 있다는 이유로 알카드나 다른 나라로 피신하면 전쟁에서 벗어날 수 있을 테니까."

"거기까지 생각해 주시다니. 솔직히 말하면 침공하는 쪽에 서서 싸우는 건 내키지 않거든……."

레오네가 그렇게 말하며 고개를 끄덕였다.

"그만큼 우리가 열심히 하면 돼! 베네픽과 전쟁이 일어나지 않도록 분발하자!"

"응……! 그러자, 라피니아!"

"저희가 힘을 합친다면 반드시 해낼 수 있을 거예요!"

서로를 마주 보며 고개를 끄덕이는 세 사람.

그때 마침 밀리에라 교장의 목소리가 들려왔다.

"그러면 개학식은 이것으로 마칠게요! 아, 잉그리스 양과 라피니아 양, 레오네 양, 리제롯테 양은 끝나고 교장실에 모여주세요."

잉그리스 일행에게 따로 용건이 있는 모양이었다.

"왜 우리만……? 분명 봉마기사단에 관련된 일일 거야. 좋아, 힘내야지!"

라피니아는 의욕 넘치는 모습으로 강당을 나섰다.

레오네와 리제롯테도 결의를 다지며 그 뒤를 따랐다.

잉그리스는 그런 세 사람의 뒷모습을 흐뭇하게 바라보았다. 하지만 입가에는 약간의 쓴웃음이 걸려있었다.

이 계획이 잘 이루어진다고 정말로 평화가 찾아올까?

봉마기사단 활동이 주변국들에 받아들여졌을 때, 과연 어떤 일이 벌어질까?

그 미래를 생각하면 역시 쓴웃음을 짓지 않을 수 없었다.

잉그리스로서는 바라던 바이기도 하지만.

"들은 대로야. 프리즈마가 나타나면 네가 유일한 희망이다. 아루루를 잘 부탁해."

다른 일행들로부터 뒤처져 있는 잉그리스에게 로슈폴이 말을 걸어왔다.

"우리 열심히 해요, 잉그리스 씨!"

아루루가 활짝 웃으며 잉그리스에게 악수를 건넸다.

잉그리스도 빙그레 웃으며 흔쾌히 악수를 받아주었다.

"로슈폴 선생님. 아루루 선생님. 그건 저도 바라던 바지만…….
어느 시대든 어른들은 참 비겁하네요. 후후후…….."

"호오……? 무슨 뜻이지? 선생으로서 학생의 고민에 귀를 기울여 줘야겠군."

"다들 듣기 좋은 이야기만 하시니까요. 정의감이 강한 라니와 제 친구들이 상처받지 않을까 걱정이 되네요."

"잉그리스 씨……? 무, 무슨 뜻인가요?"

아루루가 불안한 얼굴로 잉그리스에게 물었다.

하이랄 메나스의 나이는 겉모습으로 판단하기 힘들지만, 아루루는 에리스나 리플에 비해 어리숙한 편에 속했다.

겉모습과 정신 연령에 큰 차이는 없을 것이다.

"저와 동료들이 분발해서 봉마기사단의 활동을 넓히고, 주변국과 베네픽의 협력을 얻게 된다면, 과연 어떻게 될까요?"

"모든 나라가 서로 협력하고…… 지금까지 마석수로부터 자신을 지킬 수 없었던 사람들이 봉마기사단의 보호를 받게 되면…… 세상은 더욱 평화로워지지 않을까요?"

아루루는 라피니아와 레오네, 리제롯테와 비슷한 해석을 내놓았다.

역시 순수한 인물이었다.

에리스와 리플이라면 잉그리스와 같은 생각을 했을 것이다.

"지상의 사람들과 마석수의 관계만 놓고 본다면 그렇겠죠. 하지만 이건 세오도어 특사, 즉, 삼대공파의 후원 아래서 이루어진 행동이에요. 베네픽에서 봉마기사단 활동을 인정하고 협력한다는 말인즉, 베네픽이 교주련으로부터 떨어져 나온다는 뜻이에요. 교주련과 가까운 다른 나라들도 마찬가지죠. 즉, 봉마기사단 구상이란 지상의 나라들에는 평화롭고 이상적인 계획으로 보이지만, 하이랜드의 관점에서는 삼대공파가 교주 연합의 지배 영역을 뿌리째 뽑아버리는 터무니없이 공격적이고 위험한 계획이죠. 봉마기사단이 제대로 작동하면 작동할수록 교주 연합을 자극하게 될 테고, 결국에는 파국에 이를 거예요. 그리고 진심으로 제재에 나선 교주 연합에게 가장 먼저 노려지는 것은 다름 아닌 봉마기사단이 될 테죠."

"……! 봉마기사단이 아무리 노력해도 평화는 찾아오지 않는다는 건가요……?"

"아뇨, 그렇다고 말한 적은 없어요. 어쨌든 마석수의 위협은 줄어들 테니까요. 그것도 일종의 평화 실현이죠. 그만큼 다른 위협이 늘어나겠지만 아무도 그 부분을 언급하지 않아서 비겁하다고 말한 거고요. 저는 교주 연합과의 직접 대결도 환영이니까 딱히 상관없지만요. 후후후……."

삼대공파와 교주 연합의 대립이 깊어지고 있다고 질드그리버도 말했다. 물론 가만히 있어도 언젠가는 충돌을 피할 수 없는 시점이 찾아올 전망이었다. 하지만 봉마기사단은 그 언젠가를 앞당기는 계기가 될 것이다.

"이, 잉그리스 씨……."

씨익 웃으며 파멸적인 미래를 환영하는 잉그리스를 보고 아루루는 살짝 겁을 집어먹은 눈치였다.

"다만, 방금도 말씀드렸다시피 라니가 마음에 상처를 입게 두지는 않을 거예요. 다들 아직 순수한 소녀거든요."

"그, 그렇죠……. 맞아요. 그 말대로예요……."

아루루가 머뭇거리자 옆에서 지켜보고 있던 로슈폴이 한숨을 내쉬었다.

"나 원. 아루루도 하이랄 메나스가 되어서 그렇지, 알맹이는 네 동료들과 별반 다르지 않아. 너무 겁주지 말았으면 좋겠군. 게다가 넌 학생치고 지나치게 똑똑해서 탈이야. 그 침착한 태도와 사고력은 이상할 정도다."

로슈폴은 그렇게 말하며 아루루를 달래듯 머리를 거칠게 쓰다듬었다.

"죄송합니다, 로슈폴 선생님."

잉그리스가 머리를 꾸벅 숙였다.

"뭐, 나도 개인적으로는 네 말이 옳다고 생각한다. 하지만 하찮은 지상의 인간들이 걱정한들 뭐가 달라질까? 특사님이 정치력을 발휘해 주시길 기대하면서 여차할 때를 대비하면 되는 거야. 그때가 바로 목숨을 걸 때겠지."

"……그렇다면 여차할 때를 대비해서 방과 후 훈련을 두 배로 늘려야겠군요. 그렇죠?"

"어이쿠, 내가 지뢰를 밟았군. 방금 발언은 없었던 걸로 해주지 않겠어?"

"아뇨! 늘리죠, 로스! 늘려야만 해요! 우리는 선생님이잖아요……!"

"글쎄. 훈련이라는 이름의 교관 괴롭힘에는 이미 충분하고도 남을 정도로 어울려주고 있다고 생각하는데……?"

"안 돼요! 노력해 봐요! 노력해서 안 되는 건 없어요!"

"후후후. 고맙습니다, 아루루 선생님. 로슈폴 선생님."

"크리스! 안 오고 뭐 해! 놓고 갈 뻔했잖아! 자, 빨리 가자!"

미아를 찾으러 온 라피니아가 잉그리스를 번쩍 안아 들었다.

"가자, 교장실로! 봉마기사단이 되어서 알카드로! 오랜만에 라티와 프람의 얼굴을 볼 수 있을지도 몰라!"

"응. 라니."

""저희는 이만 실례하겠습니다.""

웃으며 작별 인사를 건넨 잉그리스와 라피니아는 교장실로 향했다.

그리고 잠시 후…….

"네에에에에?! 저희는 봉마기사단에 들어가지 않는 건가요?!"

교장실에 라피니아의 낙담한 목소리가 울려 퍼졌다.

"교장 선생님! 저, 저희한테 뭔가 문제라도……?!"

"다시 생각해 주세요! 저희도 꼭 참가하고 싶어요!"

그러자 밀리에라 교장은 손을 휙휙 내저으며 대답했다.

"아, 그게 아니에요. 당연히 여러분 모두 봉마기사단에 참가시킬 예정이에요. 다만, 봉마기사단의 이번 알카드행보다 우선해 주셨으면 하는 일이 있어서요. 그렇죠? 세오도어 님?"

교장실에는 세오도어 특사도 와 있었다. 그는 밀리에라 교장의 질문에 고개를 끄덕여 대답했다.

"예, 맞습니다……. 분명 여러분에게도 좋은 경험이 될 겁니다."

"네? 저희가 뭘 하면 되는데요?"

"에리스 님과 관련된 건입니다. 하이랜드에서 에리스 님을 수복하기 위한 준비가 완료되었습니다. 며칠 내로 출발하실 테죠. 여러분이 에리스 님의 호위 역으로 동행해 주셨으면 합니다."

"……! 에리스 씨와 함께 하이랜드에 가는 건가요……?!"

상당히 흥미로운 제안이었다.

하이랜드의 병기와 기술을 체험해 볼 수 있는 기회였다. 잘하면 병기와 대련을 시켜줄지도 몰랐다. 마인무구 개조에 도움이 될만한 기술까지 배운다면 금상천화였다.

질드그리버에 필적하는 강력한 병기가 있다면 좋을 텐데.

예를 들면 후페일베인을 개조해 만든 기신룡이라던가.

"저희가 하이랜드에 가는 건가요……?! 굉장하다!"

라피니아의 눈이 호기심으로 반짝였다.

"그러게……! 무척 귀중한 체험이 될 거야."

"원한다고 얻을 수 있는 기회가 아니죠."

레오네와 리제롯테도 고개를 끄덕였다.

"저도 예전에 웨인 왕자님을 따라서 가본 있답니다. 적어도 손해 보는 일은 없을 거예요. 좋은 의미로든, 나쁜 의미로든 시야가 넓어질 테니까요. 모처럼 찾아온 기회니 가보는 게 좋아요."

"호위라고는 했지만, 위험한 건 없으니 안심하고 다녀오세요. 단기 유학이라고 생각하시면 됩니다."

"저는 위험한 편이 더 좋아요! 에리스 씨를 치료하는 곳은 기공님의 본거지죠?! 지르 님에게 필적하는 결전 병기도 있을까요?! 혹시 있다면 병기의 성능 실험에 저를 써주세요! 부디!"

"아하하……. 그, 글쎄요."

"크리스! 얌전히 있어! 세오도어 특사님이 곤란해하시잖아."

라피니아가 잉그리스를 따끔하게 혼냈다.

"음~. 잉그리스 양의 언동은 그대로인데, 귀여운 모습으로 변해서 그런지 오히려 더 혼란스럽달까……."

밀리에가 교장이 쓴웃음을 지었다.

"설마 무공님이 직접 지상으로 내려와 잉그리스 양과 대련을 할 줄이야. 놀랐습니다. 그분답다면 그분답기는 합니다만……. 그래도 무공님이 손을 써주신 덕분에 여러분의 체류 허가를 얻을 수 있었습니다."

"감사한 일이네요."

"……애초에 에리스 씨를 부순 장본인이 그 사람이잖아."

"그건 내가 무리를 하는 바람에……. 적어도 에리스 씨가 완치되기 전까지는 함께 있어주는 게 좋겠지?"

"응. 에리스 씨도 혼자서 하이랜드를 돌아다니면 불안할 거야."

"그리고 한 가지 더 부탁드릴 게 있습니다."

세오도어 특사가 진지한 얼굴로 말했다.

"한 가지 더?"

"뭔가요? 저희 힘으로 가능한 일인가요?"

"네. 여러분과 함께 있는 린…… 세이린에 관한 일입니다."

린은 현재 레오네의 가슴골 사이에서 얼굴을 내밀고 있었다.

잉그리스는 작아진 상태였기에 레오네가 린의 보금자리 역할을 전담하고 있었다.

위치가 위치인지라 세오도어 특사는 린을 차마 직시하지 못했고, 결국 애매하게 시선을 돌린 채로 설명을 이어나갔다.

"이 아이를 에리스 님을 담당하는 하이랜드의 기술자에게 보여 주실 수 있겠습니까? 저와 밀리에라의 능력만으로는 도저히 역부족이라……. 하이랜드에는 저보다 뛰어난 기술자가 많으니 그분의 견해를 들어보고 싶습니다."

"그 사람에게 린을 보여주면 원래대로 되돌릴 수 있는 건가요?"

"솔직히 저도 잘 모르겠습니다. 하지만…… 돌파구가 될 무언가를 발견할지도 모릅니다."

"지금 상태로는 어려운가 보군요……."

"예. 아무래도 기공이 보유한 설비에 비하면 부족한 게 사실이거든요. 그 설비들을 사용할 수 있다면……. 하지만 기공 본인에게는 들키지 않도록 주의하세요. 세이린이 이런 모습으로 살아있다는 사실은 아직 알리지 않았습니다."

"기공님은…… 세오도어 특사님과 세이린 님의 아버지시죠?"

"네……. 세이린이 이런 모습으로 변해버렸다는 사실을 알면 무슨 짓을 벌일지 모릅니다. 그러니 들키지 않도록 조심해 주세요."

"알겠습니다! 반드시 린을 원래대로 되돌릴 단서를 찾아낼게요……!"

레오네가 주먹을 질끈 움켜쥐며 말했다.

잉그리스는 레오네의 심정이 충분히 이해되었다.

출렁, 출렁, 출렁!

린이 안으로 들어가더니 레오네의 가슴을 흔들어대기 시작했다.

나를 방해물 취급하지 마! 라고 말하는 듯했다.

"꺄아아악?! 멈춰, 린……! 그만두래도……!"

레오네가 비명을 질렀다.

"제, 제 여동생이 민폐를 끼쳐 죄송합니다……."

세오도어 특사가 면목 없다는 듯이 말했다.

"에이, 민폐는요. 전혀 그렇지 않아요."

""당해본 적도 없으면서……!""

잉그리스와 레오네가 입을 모아 외쳤다.

"으으……! 라니는 겪어보질 않아서 모를걸."

"잉그리스의 말이 맞아. 방금 건 너무했어."

"흐, 흥이다. 잉그리스랑 레오네야말로 우리 앞에서 맨날 자랑하고 다니면서."

""자랑한 적 없네요!""

다시 한번 두 사람의 목소리가 교장실 안에 울려 퍼졌다.

그리하여 잉그리스 일행의 다음 행선지는 하이랜드로 정해졌다.

방과 후. 기사 아카데미의 운동장.

　"야아아아앗!"

　여성의 기합 소리와 함께 잉그리스의 눈앞에 커다란 방패가 들이닥쳤다.

　상대의 모습을 완전히 가려버릴 정도로 거대한 방패는 잉그리스의 작아진 몸을 간단히 뭉개버리고도 남을 박력을 품고 있었다.

　하지만 그래서 더 좋았다.

　"하아아아압!"

　잉그리스는 양손을 앞으로 내밀어 정면으로 방패를 막아냈다.

　손바닥 너머로 느껴지는 묵직한 중량감이 좋았다. 그대로 힘겨루기가 이어졌다.

　"큭……! 몸은 작아졌어도 힘은 그대로네요……!"

　방패의 주인이 방패 너머로 얼굴을 빼꼼히 내밀고 말했다. 고양이 귀가 달린 여성 교관, 아루루였다.

　하이랄 메나스들은 변신할 때와 동일한 장비를 소환해 다룰 수 있었다.

　에리스는 쌍검, 리플은 총, 시스티아는 창, 티파니에는 갑옷.

　아루루는 방패로 변신할 수 있기에 소환하는 장비도 방패였다.

　잉그리스가 알고 있는 하이랄 메나스 중에서는 가장 청초한 인상을 지닌 아루루지만, 싸우는 모습은 상당히 호쾌한 편에 속했다.

본인의 키만 한 방패로 타격하거나, 방패를 앞세워 돌진하는 것이 그녀의 주된 전법이었다.

기본적인 완력도 에리스나 리플보다 뛰어났다.

"아뇨, 아루루 선생님……! 예전 같지 않아요……!"

실제로 꽤 영향이 있었다.

어린아이의 몸이다 보니 아무래도 성인일 때보다 완력이 떨어졌다.

그래서 예전보다 아루루의 돌진이 무겁게 느껴졌다.

아루루는 시간이 날 때마다 잉그리스의 방과 후 훈련에 어울려 주고 있었다.

매일같이 훈련하자고 보채는 잉그리스에게 쓴웃음을 짓기도 하지만, 싫다고 말한 적은 단 한 번도 없었다.

그것이 은인에 대한 보답이고, 또 교관의 책무라고 아루루는 말했다.

그래서 잉그리스도 감사한 마음으로 아루루의 호의에 기대기로 했다. 기사 아카데미가 휴가에 들어서기 전부터 이미 훈련 상대를 부탁하고 있었다.

덕분에 몸이 작아진 뒤로 자신의 힘이 얼마나 감소했는지 체감할 수 있었다.

"오늘은 힘겨루기로 이기고 싶었는데……! 꺄아악?!"

아루루가 비명을 질렀다. 잉그리스가 방패째로 아루루를 들어올렸기 때문이었다.

"하아아압!"

그대로 아루루를 하늘 높이 던져버리는 잉그리스.

어린 생김새에 걸맞지 않은 호쾌한 기술이었다.

저대로 떨어진다면 아루루는 상당한 충격을 받을 것이다.

하지만 아루루 역시 거대한 방패를 다루고 있을 뿐, 상당히 가벼운 편에 속했다.

"아직 멀었어요!"

공중에서 몸을 비틀어 자세를 바로잡는 아루루.

방패를 손에서 놓고 반바퀴 공중제비를 돌더니, 머리 위의 방패를 발판 삼아서 지상으로 돌진했다.

방패를 버리고 공격에 나서는 대담한 전법이었다.

하지만 그만큼 빠르고 매서웠다.

"야아아압!"

아루루의 날아차기가 작렬했다. 잉그리스는 팔을 교차시켜 아루루의 공격을 튕겨냈지만, 몸이 작아진 바람에 뒷걸음질을 치고 말았다.

"윽, 무겁군요……!"

손이 저릿저릿했다.

하이랄 메나스의 전력이 담긴 날아차기는 역시 강렬했다.

하지만 아루루는 자신의 방패를 버린 상태였다.

그러므로 지금이 반격할 기회……라고 말하기는 어려웠다.

잉그리스에게 날아차기를 명중시키고 착지한 아루루의 손에는 이미 방패가 들려있었다.

에리스와 시스티아는 공간을 도약해 공격을 명중시키는 특수한 능력을 다룰 줄 알았다.

반면 아루루의 경우에는 멀리 떨어진 방패를 자신의 수중으로 되돌리는 능력을 지니고 있었다. 그래서 대담하게 방패를 버리는 전법을 구사할 수 있는 것이다.

"계속 갈게요!"

아루루가 몸을 크게 한 바퀴 회전시키며 방패를 투척했다.

측면이 아니라 넓은 정면이 이쪽을 향하도록.

방패를 던지는 솜씨가 대단했다.

날아오는 방패는 잉그리스의 시야를 한가득 메울 정도로 대단한 박력을 자랑했다.

하지만 위력은 어떨까?

살상력을 중시했다면 이렇게 공기 저항을 받는 형태로 방패를 던지지는 않을 것이다.

따라서 이 공격은 눈속임이 목적일 가능성이 컸다.

아마도 잉그리스가 공격을 막는 순간 다른 방향에서 공격해 올 것이다.

잉그리스는 아슬아슬한 순간까지 기다리다가 아루루가 기습해 오는 방향을 확인하고 행동에 나섰다.

"……! 위쪽! 하아아압!"

위쪽에 얼핏 그림자가 보였다.

반격할 차례다. 잉그리스는 곧바로 반응해 뛰어올랐다.

공중에서 발차기를 날릴 준비를 마친 그 순간, 잉그리스는 깨달았다.

"어?! 제복……?!"

공중에 떠있는 것은 아루루가 아니라 아루루가 입고 있던 교관복이었다.

"빈틈 발견!"

누군가가 잉그리스의 다리를 덥석 붙잡았다.

그것은 물론 잉그리스를 유인한 아루루였다.

"이대로 끝내겠어요! 에에에에잇!"

아루루가 다리를 붙잡은 채로 잉그리스를 바닥에 내동댕이치려 들었다.

"제법이네요……! 하아아아압!"

에테르 셸!

멈칫.

잉그리스는 물구나무서기를 하듯 바닥에 두 손을 짚었다.

에테르 셸을 발동하여 완력으로 아루루의 공격을 버텨낸 것이다.

"큭……! 아깝네요……!"

아루루는 잉그리스의 다리에서 손을 놓고 거리를 벌렸다.

잉그리스도 팔 힘으로 펄쩍 뛰어올라 원래의 자세로 되돌아왔다.

"대, 대담한 전술이네요. 아루루 선생님……."

설마 아루루가 옷을 벗어서 미끼로 사용할 줄은 꿈에도 몰랐다.

잉그리스도 완전히 허를 찔렸을 정도로 효과적인 수법이었다.

다만, 아루루의 새하얀 피부를 쳐다보려니 죄책감이 들었다.

"그, 그러게요. 떠나기 전에 조금이라도 유익한 훈련을 해드리고 싶어서요. 잉그리스 씨의 허를 찌를 만한 방법을 떠올린 것까진 좋았는데…… 미끼로 삼을 만한 게 저것밖에 없어서……. 마, 막상 해보고 나니 부끄럽네요……."

잉그리스 일행은 내일 아침 하이랜드로 출발한다.

반대로 아루루는 봉마기사단 일원으로서 학생들을 인솔해 알카드로 떠날 예정이었다. 그래서 한동안은 함께 훈련할 기회가 없었다.

그래서 조금이라도 유익한 시간을 보내고자 고심한 결과가 방금 그 전술이었다.

아루루의 마음은 고마웠지만, 미안하기도 했다.

아루루는 상냥하고 헌신적인 인물이지만, 희생정신이 조금 지나친 감이 있었다. 이런 성격이 때때로 돌발적인 행동으로 이어질 때가 있었다.

로슈폴도 아루루의 그런 점을 걱정하고, 또 좋아하는 건지도 몰랐다.

"죄, 죄송합니다. 이렇게까지 하시게 해서……. 그래도 완전히 허를 찔린 건 사실이에요. 좋은 훈련이었어요."

"그런가요? 다행이네요. 아, 잠깐만 기다려주세요. 옷 좀 입고요……."

"그, 그래 주신다면 저야 고맙죠."

아루루는 바닥에 떨어진 옷을 주워 주섬주섬 입기 시작했다.

"아, 오늘 일은 로스한테 비밀로 해주세요! 화낼지도 모르거든요."

"알겠습니다. 아루루 선생님."

하지만 두 사람의 비밀은 순식간에 무너지고 말았다.

"이미 다 봤는데?"

아루루의 뒤쪽에서 모습을 드러내는 익숙한 그림자.

"꺄악?! 로, 로스……!"

"다른 사람한테 맨살을 보이다니. 절조가 없구나, 아루루."

"미, 미안. 잉그리스 씨한테 조금이라도 좋은 훈련을 해주고 싶어서……."

"죄송합니다, 로슈폴 선생님. 아루루 선생님이 무리하시게 했네요."

"하긴, 적당히 무리하지 않으면 너한테는 기별도 안 갈 테니까."

"칭찬 감사합니다."

잉그리스가 꾸벅 고개를 숙였다.

"여자들 사이의 일이니 딱히 나무랄 일은 아닌가……."

정신적으로 남성인 경우는 용서받을 수 있는 것일까?

로슈폴이 진실을 알면 어떻게 생각할까.

"뭐, 관객들도 여자뿐이니 넘어가도 괜찮겠지."

로슈폴이 뒤를 돌아보며 말했다. 그곳에는 에리스와 리플이 있었다.

"에리스 씨, 리플 씨!"

"내일 이곳으로 마중을 나오겠다고 연락을 받았거든. 그래서 오늘은 여기에 묵으려고."

"난 배웅하러 왔어! 잉그리스가 내 동료를 괴롭히려고 발가벗긴 게 아니라서 다행이다."

"이 두 사람을 데리고 오느라 늦었다. 마침 좋은 기회였거든."

잉그리스는 아루루와 훈련을 시작하기 전에 로슈폴에게도 말을 걸었고, 용건이 있어서 어울릴 수 없다는 이야기를 들었다.

에리스와 리플을 부르러 갔던 모양이었다.

"아, 안녕하세요! 처음 뵙겠습니다! 아루루라고 합니다……! 인사가 늦어서 죄송합니다……! 이전에 국경에서는 실례가 많았어요, 죄송합니다……!"

아루루가 긴장한 태도로 에리스와 리플에게 사과했다.

그제야 잉그리스도 이해가 되었다. 로슈폴이 말한 좋은 기회란 바로 이것을 뜻하는 모양이었다.

아루루에게 에리스와 리플을 만나게 해주고 싶었다.

아루루를 잘 챙기는 로슈폴다웠다.

돌이켜 보면 아루루를 위해서 남아있는 생명을 불태웠을 정도로 행동력이 있는 인물이다. 이 정도는 당연한 걸지도 몰랐다.

"그건 이미 다 끝난 일이야. 어느 분 덕분에 피해도 최소한으로 줄일 수 있었고, 너도 이렇게 동료가 되었으니까……."

에리스는 그렇게 말하며 잉그리스를 흘끔 쳐다보았다.

"우리야말로 인사가 늦어서 미안해. 카랄리아에 온 걸 환영할게. 내 이름은 에리스. 잘 부탁해."

그러고는 미소 지으며 아루루에게 악수를 건넸다.

"네. 잘 부탁드립니다……!"

리플은 에리스와 악수를 나누는 아루루의 반대쪽 손을 붙잡고 위아래로 붕붕 흔들었다.

"나도 잘 부탁해! 리플이라고 해! 저번에는 나한테 텔레파시로 말을 걸었지? 덕분에 살았어. 같은 수인종끼리 사이좋게 지내자."

"물론이에요! 리플 씨!"

"리플이라고 불러~. 나도 아루루라고 부를 테니까."

"아, 알겠습니다……! 리플!"

아루루가 기뻐하며 리플의 이름을 불렀다.

"나도 에리스면 충분해."

"네, 에리스……!"

선배뻘 되는 하이랄 메나스들로부터 환영받았기 때문일까. 아루루는 굉장히 안도한 눈치였다.

아루루는 여태껏 다른 하이랄 메나스들과 교류를 가져 본 적이 없었다. 자신과 동일한 존재들과 친분을 나누게 되어서 든든한 모양이었다.

"저기, 아루루. 잠깐만 귀 좀 보여주면 안 될까?"

"네, 얼마든지요."

"고마워! 으음, 역시 고양이 귀네……. 아루루는 묘인족인가 보구나."

"네. 맞아요. 리플 씨는 견인족이시죠?"

"응, 맞아. 사실 묘인족을 보는 건 처음이야. 묘인족은 옛날에 멸종했다고 들었거든……."

"네……?! 저는 견인족 분들과 같은 마을에서 살고 있었는데요? 현재 남아있는 수인종은 저희뿐인 것 같기는 하지만요……."

"어떻게 된 거야, 리플?"

"……아마도 나와 아루루는 하이랄 메나스가 되기 전에 살았던 시대가 달랐던 걸 거야. 아마도 아루루가 먼저고 내가 나중이겠지. 하이랄 메나스가 되기 전부터 이미 내가 마지막 수인종이라는 말을 들었거든. 사실은 다들 프리즘 플로로 마석수가 되어버린 거였지만……."

"제 동료들도 프리즘 플로로 인해서 하나둘씩 마석수가 되고 말았죠……. 시간이 지난 뒤에는 결국 그렇게 되었군요……."

"어쩔 수 없지. 수인종은 프리즘 플로에 면역이 없으니까. 프리즘 플로에 의해 도태되어 버린 거지……. 그게 운명이라고 납득하는 건 괴롭지만……."

"그렇네요……."

"하이랄 메나스가 되려면 그렇게 오랜 시간이 걸리는 건가요?"

잉그리스가 세 사람에게 물었다.

"잠든 상태에서 조치를 받는 거라서 확실한 건 몰라. 다만……
개인차가 상당히 크다고 알고 있어. 재워둔 채로 보류하는 경우
도 있겠지만 말이야. 그렇게 하면 필요할 때마다 꺼낼 수 있을 테
니까."

"나도 잠들어 있는 여자애들을 봤어. 그 애들이 어떻게 되었고,
지금 뭘 하고 있는지는 모르겠지만……. 나는 깨어나자마자 지상
으로 보내졌거든……."

"수많은 소체를 모아둔 다음에…… 성공할 때까지 실험을 계
속하는 거야. 무사히 하이랄 메나스가 되는 건 극히 일부라고 들
었어."

"우리는 이렇게 보여도 굉장히 운이 좋은 편이에요."

세 사람이 차례차례 이야기했다.

"……하이랜드에 가도 즐거운 일만 있는 건 아닌가 보네요."

"그렇지. 나도 별로 자세히 아는 건 아니지만…… 각오는 해두
는 편이 좋아. 하지만 그것도 하나의 경험이라고 생각해서 밀리
에라와 세오도어 특사는 너희를 하이랜드로 보내는 걸 거야."

"……정말 그럴까. 다들 충격이나 받지 않으면 좋겠는데…….
나는 별로 추천하고 싶지 않아."

리플은 다소 복잡한 표정을 지었다.

"저는 기대하고 있는걸요. 하이랜드 최강의 병기와 살육 생물
이 우연히 폭주해서 일제히 공격해 오는 광경을 상상하면 두근거

림이 멈추질 않아요!"

"하아……. 너란 애는……."

"하하하. 뭐, 잉그리스라면 그렇겠네. 잉그리스라면. 애초에 잉그리스는 걱정하지도 않았어. 라피니아와 다른 애들이 걱정돼서 그렇지."

"그러게. 이 애와 나만으로도 충분했을 텐데……."

"아뇨! 라니와 제가 서로 떨어지다니, 인정할 수 없습니다! 저는 라니의 종기사니까 당연히 주인의 곁에 있어야 해요!"

"하, 하긴. 이렇게 말할 게 눈에 선해서 라피니아를 함께 보내는 거겠지."

"그래서 그 라피니아는 어디로 갔어? 당연히 주인의 곁에 있어야 한다며?"

리플이 물었다.

"실은 비상사태라서요. 라니는 교실에 남아서 보충 수업을 받고 있어요. 휴가가 끝나고 치른 시험의 성적이 좋지 못해서……."

"아하하. 그건 확실히 비상사태네."

"이제 곧 끝나고 이쪽으로 올 텐데……. 그건 그렇고, 모처럼 세 분이 모이셨으니 함께 훈련이나 하지 않으실래요?!"

"엑…… 지금 여기서……?!"

"4대 1로 싸우게……?!"

"네! 흔치 않은 기회잖아요! 이렇게 호화로운 훈련은 좀처럼 경험하기 힘들거든요……!"

하이랄 메나스 세 명에 특급 마인을 보유한 최상급 기사가 한 명.
이만큼 호화로운 멤버가 한자리에 모이기는 쉽지 않았다.

"어, 어떻게 하죠⋯⋯? 혹시 어울려주실 수 있나요?"

아루루가 에리스와 리플을 돌아보았다.

"괘, 괜찮긴 한데⋯⋯. 지금은 검을 사용할 수 없으니 맨손으로 싸워야겠지만."

"하지만 네 명이 덤볐다가 당해버리면 좀 그렇지 않을까⋯⋯? 남한테 말하기 부끄럽달까, 하이랄 메나스로서 자신감이 없어진 달까⋯⋯."

"그렇지 않아, 리플. 이 애가 강해지면 강해질수록 좋은 거야. 결국 우리를 다룰 수 있는 사람은 이 애밖에 없으니까. 오히려 우리야말로 이 애의 발목을 잡지 않도록 단련해야 해."

"⋯⋯우와, 에리스가 이렇게 의욕적이라니⋯⋯! 열이라도 있어? 무기가 고장 나서 성격까지 이상해져 버린 건가⋯⋯?"

리플이 에리스의 이마에 손을 얹고 열을 재는 시늉을 했다.

"열 같은 거 없어⋯⋯! 지금까지처럼 현상 유지에 만족할 거라면 이대로도 상관없겠지만⋯⋯ 무언가를 바꾸려면 우리도 바뀌어야 한다고 생각해."

"⋯⋯뭐, 에리스가 그렇게 말한다면 나도 불만은 없어."

"크크큭⋯⋯. 가끔은 교관으로서 위엄을 보여줘야겠지. 오늘은 4대 1에다, 높으신 분께 하사받은 새로운 장비까지 있다. 전부 동원해서 이겨주마."

로슈폴이 씨익 웃으며 말했다.

"새로운 장비요?"

"그래, 이거다."

로슈폴이 잉그리스에게 보여준 것은 낯익은 마인무구였다.

"그건…… 드래곤 클로?! 국왕 폐하가 사용하시던 거군요……!"

라파엘의 드래곤 팽과 쌍벽을 이루는 최상급 마인무구였다.

드래곤 팽에 붉은색의 드래곤 로어가 깃들어 있다면, 이 드래곤 클로에는 푸른색의 드래곤 로어가 깃들어 있다.

드래곤 클로의 성질을 감안하면 신룡 후페일베인과 유사한 존재의 발톱이라고 추정해 볼 수 있었다.

어쩌면 후페일베인 본인의 발톱일지도 몰랐다.

만약 그렇다면 발톱을 뽑아낸 시기는 후페일베인이 잉그리스 왕에 의해 봉인되기 전이라는 이야기가 된다.

반대로 후페일베인과 비슷한 존재가 있는 것이라면 한번 만나 보고 싶었다.

"그래, 방금 하이랄 메나스를 배웅하러 갔을 때 받았지. 이 나라의 국왕도 참 이상한 사람이야. 목숨을 노렸던 적국의 장수를 영입하질 않나, 이번에는 자기 무기까지 주질 않나."

"그래도 실력을 보는 안목은 정확하다고 생각해."

"응. 갑옷도 한 번에 전개하던걸. 라파엘도 성공하는 데 시간이 꽤 걸렸는데."

"국왕 폐하가 로슈폴 선생님께 많은 기대를 하고 계신가 봐요!"

로슈폴이 강력한 마인무구를 받아 강해지는 건 잉그리스에게
도 기쁜 일이었다.

그만큼 평상시의 훈련 강도가 올라갈 테니까.

"네 훈련 상대로서 말이냐?"

"그게 전부는 아니겠지만요!"

물론, 국왕은 로슈폴이 봉마기사단의 일원으로서 베네픽과의
화평을 이루어 줄 존재가 되기를 기대하고 있겠지만, 잉그리스의
훈련 상대가 되어주기를 바라는 마음도 없지는 않을 것이다.

로슈폴은 다양한 의미로 많은 사람의 기대를 받고 있었다.

"부정하지는 않는군……. 그렇다면 어디 그 역할을 수행해 보
실까! 다소 어른스럽지 못한 방식으로 말이야……!"

로슈폴이 드래곤 클로의 푸른 칼날을 뽑아 높이 치켜들었다.

그워어어어어어!

용의 포효가 울려 퍼지고, 로슈폴의 몸에 푸른색의 갑옷이 나
타났다.

그리고 등 부분에는 단단한 재질의 푸른색 날개가 돋아났다.

"크크큭……. 무기화한 하이랄 메나스 정도는 아니지만, 이것
도 나쁘지 않군……! 자, 상대해 주마!"

하지만 잉그리스는 로슈폴의 도발에 응하지 않았다.

평소 같았으면 눈을 반짝이며 달려들었겠지만, 지금은 그저 로
슈폴을 빤히 바라보고 있을 뿐이었다.

"…………."

"응? 왜 그러지?"

"아, 죄송해요! 로슈폴 선생님! 죄송하지만 갑옷을 원래대로 되돌렸다가 다시 한번 전개해 주실 수 없을까요……?!"

"다시? 뭐, 쉬운 부탁이지."

로슈폴은 잉그리스의 부탁을 받아들였다.

그워어어어어어!

"자, 그러면 덤벼라……!"

"아뇨, 죄송하지만 한 번만 더요……!"

"……도대체 뭘 하려고?"

그워어어어어어!

"조금만 더……! 조금만 더요! 마지막으로 한 번만……!"

"나 원……. 싸우자고 했다가, 기다리라고 했다가. 제멋대로인 학생이군."

그워어어어어어!

"아직도 부족한 거냐? 이 짓도 반복하면 지쳐서 말이야."

"……네! 대충 알 것 같아요……! 고맙습니다!"

"알 것 같다니? 무슨 뜻이지?"

"말씀드린 대로예요. 그럼 학습의 성과를 보여드릴게요……!"

잉그리스는 두 팔을 교차시켜 양쪽 어깨에 손을 얹었다.

그리고 팔, 가슴, 허리, 다리, 순으로 손을 움직여 드래곤 로어를 융합시켜 나갔다.

그워어어어……!

그 결과, 잉그리스의 몸에 푸른색의 갑옷이 나타났다.

"?!"

"이건……?!"

"드, 드래곤 클로의 갑옷 맞지……?!"

"마, 맞아요……! 로스와 동일한 힘이 느껴져요……!"

다만 잉그리스의 체형에 맞춘 어린이용 사이즈였다. 날개도 없었다.

날개의 재현은 어려워서 포기할 수밖에 없었다.

어른의 몸으로 재현할 수 있을지도 확신하기 어려웠다. 면적이 넓은 만큼 제어가 어려울지도 몰랐다.

"정확히 말하면 약간의 차이는 있지만……. 참고해 봤습니다!"

형태는 드래곤 클로로 만들어낸 갑옷과 유사했지만, 재질은 잉그리스가 마법으로 만들어낸 얼음이었다.

얼음의 검을 소환하는 마법에서 형태를 갑옷으로 바꾸고, 여기에 드래곤 로어를 섞어 용마법으로 완성한 것이다.

용마법, 빙룡 갑옷이라고 부르면 되지 않을까.

잉그리스는 드래곤 로어가 갑옷으로 전개되는 순간을 이번에 처음 보았다. 그런데 마나의 흐름만 놓고 보자면 의외로 단순했다.

그래도 한 번만 보고는 재현이 불가능했을 것이다. 하지만 여러 차례 복습을 받으면서 결국 성공시켰다.

재질과 강도는 다르지만, 드래곤 클로와 유사한 강화 효과는 기대해 볼 수 있을 터였다.

"자, 훈련을 부탁드립니다⋯⋯!"

잉그리스가 귀여운 미소를 지으며 자세를 잡았다.

"어쩌다 이렇게 됐지? 새로운 장비의 힘으로 교관의 위엄을 되찾을 예정이었다만, 그 장비를 빼앗겨 버리고 말았네⋯⋯?"

"⋯⋯정말이지, 이 애는 따라가기 벅차다니까⋯⋯!"

"성기사단도 사람을 함부로 굴리는 편이지만, 여기도 큰일이네⋯⋯! 잉그리스가 떡하니 버티고 있으니⋯⋯!"

"여, 열심히 할게요⋯⋯! 자신은 없지만⋯⋯!"

이제 새롭게 개발한 용마법의 성능을 최고의 훈련 상대들과 함께 확인해 보는 일만 남았다.

하지만 그때 새로운 인물이 등장했다.

"으으⋯⋯ 끝났다아⋯⋯."

보충 수업을 마친 라피니아였다. 완전히 녹초가 되어버린 듯했다.

"아, 라니. 다 끝났구나. 고생했어."

"으아아! 피곤해애애! 어째서 내일이면 하이랜드로 가는 사람한테 보충 수업을 시키는 건데⋯⋯!"

"우리는 기사 아카데미의 학생이잖아. 공부는 중요한 거야."

"몰라, 몰라. 머리를 너무 써서 배고파⋯⋯. 식당에 가서 밥이나 먹자, 크리스!"

라피니아는 잉그리스를 번쩍 안아 들었다.

"아, 응. 하지만 훈련을 하려던 참인데⋯⋯."

"그러지 말고 밥 먹으러 가자! 이제 정말 한계라구!"

"어쩔 수 없지. 피곤할 때는 단게 최고래."

"응……! 얼른 출발하자! 먼저 실례할게요!"

"죄송해요. 라니가 배고프다고 하네요. 훈련은 다음 기회에 부탁드려요. 실례합니다."

잉그리스는 라피니아에게 끌려가면서 모여있는 사람들에게 머리를 숙였다.

"……하. 남의 기술만 훔치고 홀랑 가버리다니."

로슈폴은 어이가 없다는 듯이 어깨를 으쓱였다.

"이제 어떡할까, 에리스? 우리도 차나 마실래?"

"그보다 우리만이라도 훈련 해두는 편이 좋을 것 같은데……."

"뭐어~? 우리끼리?"

"저, 저도 찬성이에요……. 잉그리스 씨는 방심하면 눈 깜짝할 사이에 강해져 버리거든요……."

"그럼 그러자고……. 나도 참 성실한 교관이구만."

고개를 끄덕인 네 사람은 전투 훈련을 시작했다.

후기

먼저, 이 책을 읽어주셔서 진심으로 감사드립니다.

영웅왕, 극한의 무를 위해 전생하다 9권이었습니다. 재미있게 읽으셨기를 바랍니다.

이번 권은 2부의 스타트 격인 작품인지라, 잉그리스의 모습을 처음부터 다시 써나가 보자는 취지로 집필했습니다.

오랜만에 보는 잉그리스의 어릴 적 일러스트도 괜찮네요.

자, 딱히 화제도 없으니 애니메이션 녹음 현장에 참관했던 이야기나 해볼까 합니다.

실은 원격으로 매주마다 참관하고 있었답니다.

먼저 말씀드리자면, 프로의 현장은 대단하더군요.

일처리가 너무 빨라!

일을 대충대충 한다는 이야기가 아니라, 워낙 군더더기 없이 진행되어서 초보인 저로서는 따라잡는 것조차 어렵다고나 할까요.

성우분들은 "텍스트 스타트"라는 말이 떨어지기 무섭게 방송에 내보내도 될만한 수준의 연기를 시작하시더군요. 얼마나 연습하고 녹음에 임하시는 걸까요. 굉장했습니다.

저는 "오오, 대단하다"라고 생각하는 게 고작이었습니다. 하지만 감독님은 한 번 듣자마자 앞뒤 맥락을 전부 파악하시고는 이부분의 말투가 어떻다, 이 단어의 발음이 어떻다, 이 신의 감정은 이렇게 표현해 주세요, 하고 지시를 척척 내리시더군요.

가끔씩 감독님께서 "하야켄 선생님, 지금 어땠나요?"라고 물어보시면 "(너무 빨라서 하나도 모르겠지만) 네, 문제없습니다!"라고 허수아비처럼 대답하기 일쑤였습니다.

아무 도움도 안 되는 주제에 잘난 듯이 매번 참가해서 죄송합니다!

그래도 귀중한 경험이었습니다. 좀처럼 겪어보기 힘든 일이니까요.

겸업 작가인 채로는 참관하지도 못했을 테니, 전업으로 바꾸길 잘했다는 생각이 듭니다.

그리고 최근, 예전에 다니던 회사의 상사분들과 회식을 했습니다. 일이 끊기면 재취직을 시켜주겠다고 약속해 주시더군요. 그러니 퇴로는 완벽……! 하다고 생각하고 싶네요.

마지막으로 담당 편집자 N 님, 일러스트를 담당해 주신 Nagu 님, 그리고 각 관계자분. 이번에도 발매를 위해 애써주셔서 감사드립니다.

그러면 이쯤에서 물러나도록 하겠습니다.

Eiyu-oh, Bu wo Kiwameru tame Tensei su. Soshite, Sekai Saikyou no Minarai Kisi "우". 9
©Hayaken
Originally published in Japan in 2023 by HOBBY JAPAN CO., Ltd.
Korean translation rights ©2023 by Somy Media, Inc.

영웅왕, 극한의 무를 위해 전생하다 ~그리고 세계 최강의 견습 기사가 되다~ 9

2023년 06월 15일 1판 1쇄 발행

저   자 하야켄
일 러 스 트 Nagu
옮 긴 이 마일도
발 행 인 유재옥
본 부 장 조병권
편 집 1 팀 김준균 김혜연
편 집 2 팀 박치우 정영길 정지원 조찬희
편 집 3 팀 오준영 이소의 이해빈
편 집 4 팀 박소연 전태영
디 지 털 김지연 박상섭 윤희진
라이츠담당 김정미 맹미영 이윤서
미   술 김보라 박민솔
발 행 처 ㈜소미미디어
인쇄제작처 ㈜코리아피엔피
등   록 제2015-000008호
주   소 서울시 마포구 토정로222, 403호 (신수동, 한국출판콘텐츠센터)
판   매 ㈜소미미디어
영   업 박종욱
마 케 팅 박수진 최원석 최정연 한민지
물   류 백철기 허석용
전   화 (02)567-3388, Fax (02)322-7665

ISBN 979-11-384-7946-2 04830
ISBN 979-11-6507-980-2 (세트)